Die Jahreszeiten

I

Jemand sagte: »In diesem Haus könnte ich nicht wohnen, es ist so tomatenfarbig angestrichen.« Dagegen gibt es nichts zu sagen. Das Haus ist auch viel zu hoch, zu schmal oder zu hoch, der Garten zu klein.

Im Badezimmer nebenan ist eine Leitung leck, nun sikkert das Wasser in die Mauer, und von der Wand des Zimmers blättert die Farbe.

Das begann vor einem Jahr.

Wir meldeten es dem Hausbesitzer und dem Installateur, wir melden es jede Woche, nächste Woche wieder. Dem Hausbesitzer kann es doch nicht gleichgültig sein, wenn sein Haus langsam zerbröckelt. Man könnte noch etwas tun. Wahrscheinlich muß man die ganze Wand herausbrechen.

Der größte Fleck liegt unter einem Bild. Vielleicht ist er schon morgen nicht mehr der größte, aber das Bild bleibt jetzt dort.

Das Zimmer hat Dachschräge, wir wohnen unter dem Dach. Das Zimmer hat keine Heizung, im Winter ist das Zimmer feucht. Vor einem Jahr war es noch das Zimmer der Kinder, aber es war zu feucht, wir konnten es ihnen nicht zumuten, sie waren oft erkältet.

Der Schreibtisch ist aus Eschenholz und hat auf der rechten Seite vier kleine Schubladen.

Das Zimmer hat ein Fenster. Im Dunst liegt der Berg.

Den Jura nennt man hier Berg. Man nimmt sich vor, auf den Berg zu gehen.

Das Zimmer liegt auf der Nordseite, der Schattenseite des Hauses. Das gegenüberliegende Haus steht im Licht. Die Nachbarn stehn auf den Balkonen. Die Silberpappel im Garten der Nachbarn wurde letztes Jahr gefällt.

Das Zimmer ist klein und vieleckig, in der Nische links vom Tisch steht ein Bett. Rechts vom Tisch die Tür, vor dem Tisch das Fenster, das gegen Norden gerichtet ist, das Zimmer liegt im westlichen Teil der Wohnung.

Das ist nicht wichtig.

Immerhin ist das Gefühl bekannt, daß, wenn man halb wach im Bett liegt, sich das Bett um 180 Grad drehen kann, die Wand plötzlich rechts ist, das Fenster hinter einem und die Tür links.

Ich mache die Augen auf, sehe die wirkliche Situation und erlebe eine zeitlos schnelle Drehbewegung um 180 Grad. Die Augen schließen, die Situation umstellen und das Bett wieder mühsam drehen.

Nach einigen Versuchen gelingt es nicht mehr, die Wirklichkeit zu verleugnen. Die Tatsache, daß das Zimmer im westlichen Teil der Wohnung liegt, die Tür rechts vom Liegenden und das Fenster zu seinen Füßen, ist wesentlich geworden.

Aber ich will das Zimmer beschreiben, auch wenn es mich nicht interessiert, also irgendwo beginnen.

Der spanische Wasserkrug.

Auf dem kleinen Kasten steht ein spanischer Wasserkrug aus weißem Ton, er hat die Form einer Glocke, oben zwei Öffnungen, eine große runde zum Einfüllen und einen eichelförmigen Ausguß mit einem kleinen Loch. Man trägt den Krug an einem Ring, der zwischen diesen beiden Öffnungen befestigt ist.

Kieninger hat in Tarragona einen Wasserkrug gekauft.

Dazu noch zwei Bemerkungen:

Der Krug ist unlasiert und nicht völlig wasserdicht. Das hat seinen Grund. Ein kleiner Teil des Inhalts sickert langsam und ständig an die Oberfläche und verdunstet dort. Durch die Verdunstung wird Kälte frei – ich hoffe, daß das physikalisch richtig ist –, jedenfalls ist es so, daß diese Verdunstungskälte den Inhalt des Kruges kühl hält.

Der Krug ist beschrieben. Irgendein Krug, nicht mein Krug. Meiner ist nicht glockenförmig. Ich habe glokkenförmig geschrieben, weil ich ihm nicht beigekommen bin, weil ich weiß, daß der Leser den Krug nicht kennt und den nehmen muß, den ich ihm biete, den glockenförmigen.

Oder man könnte wie Kieninger den Krug einer Zigeunerin in Tarragona abhandeln, eine Zigeunerin beschreiben, alte windgegerbte Haut, unter der viel Schönheit liegen muß, und ganz nebenbei der Frau einen Krug in die Hand geben. So ist er weder glockenförmig, noch unlasiert. Er ist jetzt Erinnerung, Olivenhaine, die rote Erde der Pyrenäen, Gitarren und Flamenco.

Es gibt aber eine bessere Geschichte, die von dem kleinen Mädchen, das seine sieben verschollenen Brüder suchen geht und das neben einem Ringlein als Andenken an seine Eltern nichts anderes mitnimmt als einen Krug für wenn es Durst hat, einen Laib Brot für wenn es Hunger hat und ein Stühlchen für wenn es müde ist.

Die Stelle heißt genau so:

»Es nahm nichts mit als ein Ringlein von seinen Eltern zum Andenken, einen Laib Brot für den Hunger, ein Krüglein Wasser für den Durst und ein Stühlchen für die Müdigkeit.«

Alles dem Kieninger unterschieben:

Kieninger, Wiener, mietet sich in einem Vorort der Stadt ein Zimmer. Die Stadt gefällt ihm nicht, er hat den Eindruck, daß ihn alle begaffen, die Stadt ist zu klein, er vermißt die Cafés, den Ring, die Stadtbahn. Er hat sich den Ort auf der Landkarte gewählt. Einmal muß er in Spanien gewesen sein. Der Wasserkrug erinnert daran. Er handelte ihn einer Zigeunerin ab.

Gut –

er verliebte sich in Spanien in eine Engländerin. Anfänglich glaubte er, das sei nur, weil sie seiner Elfriede in Wien gleiche, dann war sie plötzlich mehr als Elfriede, das Grün ihrer Augen ein anderes Grün. Im kleinen Amphitheater vor Tarragona, unten am Meer, traf er sie.

Jedenfalls entschied sich Kieninger, nicht gleich nach Wien zurückzufahren. Er muß Zeit gewinnen, Ruhe haben. Er besitzt die Adresse der Engländerin. »Du wirst mir nicht schreiben«, hatte sie gesagt. Kieninger schrieb Elfriede, daß er jetzt hier wohne, ein Zimmer gemietet habe, mehr nicht.

Er sitzt an seinem Pult, schreibt einen Brief nach Wien. Ich sitze an einem kleinen Pult, genaue Maße 98 auf 53 Zentimeter, Höhe 73 Zentimeter, hell lackiert. Ich bin der, der das schreibt. Ich versuche, nicht von mir zu schreiben, sondern von Tisch, Zimmer, Haus und Straße. Kürzlich wurde sie asphaltiert.

Ich schreibe Wahrscheinliches.

Unwahrscheinlich ist, daß mir mein sechsjähriger Sohn einen Mammutzahn brachte, den er im Garten ausgegraben hatte. Es muß etwas anderes sein, aber es sieht aus wie ein Mammutzahn. Ich bin verheiratet.

Es kommen Briefe an, sie liegen auf dem Bett, auf dem Tisch, sie fallen zu Boden, die alten liegen unter den neuen.

Sie sollten beantwortet werden.

Es werden Briefe geschrieben, Briefe gehn weg. Es wird auf Briefe gewartet.

Der Briefträger kommt um 11 und um 4. Manchmal auch erst um 12 und um 5. Zwei Gänge täglich zum Briefkasten.

Mittags sind wenigstens Zeitungen da, freitags Drucksachen. Briefe werden schnell aufgerissen, schnell gelesen, selten ein zweites Mal gelesen. Es kommen Briefe aus dem Ausland. Der Nachbar grüßt aus den Ferien. Die Briefe verändern hier nichts, immer noch die zwei kleinen Büchergestelle, der kleine Schrank, der große Schrank, der Schreibtisch und das Bild, nachts eine Leuchtschrift im Fenster, sie ist weit weg, ».U..LZE...«, darunter ein erleuchtetes Fenster, der Rest schwarz.

Ich drehe mein Licht aus. Jetzt hat es mehr Lichter im Fenster, entfernte Straßenlampen, und die Fassade des Nachbarhauses löst sich aus dem Dunkel.

Oder Briefe aus Wien.

Kieninger erwartet Briefe aus Wien. Er hat Elfriede geschrieben, daß er jetzt hier wohne, ein Zimmer gemietet habe, mehr nicht.

Die Vorfenster sind noch eingehängt. Doppelverglasung ist weniger umständlich, aber 1927 hatten die Häuser meist noch Vorfenster, die man im Herbst vom Dachboden holt und einhängt, die man im Frühling wieder aushängt und auf den Dachboden trägt.

Die Nachbarn achten genau darauf.

Die Nachbarn stehn auf den Balkonen.

Aber dieses Jahr haben wir den Übergang vom Winter zum Frühling und dann vom Frühling zum Sommer verpaßt. Wir haben den Übergang nicht erkannt. Als wir glaubten, es sei Frühling, wurde es wieder kalt, und wir mußten heizen. Der Sommer begann mit Regen.

Jetzt ist es heiß, und die Vorfenster sind noch eingehängt. Jetzt ist es zu spät, sie auszuhängen. Wenn wir es jetzt tun, wird den Nachbarn auffallen, daß wir es noch nicht getan haben.

Aber die Fenster ärgern uns. Wir sprechen nicht davon. Bald wird es wieder Herbst.

Ich hasse das Geräusch des Windes in der Wohnung. Ich will, daß die Fenster geschlossen werden. Ich will, daß die Zimmertüren geschlossen werden, ich will die Wohnung in einzelne Räume unterteilt haben.

Kurz nach Genf, die Weinberge grün, das Blau des Genfersees, die Sonne. Zwischen See und Weinberg der Zug. Kieninger steht am Fenster. Die Fahrt durch Frankreich war mühsam, schlaflose Nacht, oder hatte er doch geschlafen, irgendwo sah er Fabrikschlote, ein Feuer. In Lyon stiegen Leute ein; als er erwachte, war der Franzose nicht mehr da.

Noch ein Tag und eine Nacht bis Wien.

In Zürich wird er aussteigen, die Nacht verbringen. Elfriede hat ihm die Adresse von Freunden mitgegeben.

Die Freunde werden ihn nach Elfriede fragen.

Er erträgt das nicht.

Er wird in einer Pension wohnen.

Oder unterwegs irgendwo aussteigen.

Der letzte Zug nach dem Vorort. Der Zug mit den Betrunkenen, mit den vergessenen Gegenständen, mit denen, die den vorhergehenden Zug verpaßten, der Zug mit dem freundlichen Kondukteur, Abfahrt kurz nach zwölf.

Der Bahnhof im übrigen leer. Jemand rennt noch die Treppe hoch, man wartet. Wie er sieht, daß man wartet, geht er langsamer, steigt ein.

Der Vorstand hat keine Kelle, keine Pfeife, fast leise, fast privat sagt er zum Lokomotivführer: »Abfahren.«

Der Lokomotivführer sagt: »Gute Nacht«, nimmt seinen Kopf zurück in die Kabine, jetzt bewegt sich der Zug.

Der Kondukteur sagt zum Vorstand: »Gute Nacht«, dann setzt er den einen Fuß auf das Trittbrett, läßt ihn ein Stück weit fahren, zieht den andern Fuß nach, steigt in den Wagen und zieht die Tür hinter sich zu.

Vielleicht, daß die Geräusche doch auch zum Zimmer gehören, ein vorbeifliegendes Flugzeug, Matthias, der im Nebenzimmer Eisenbahn spielt, Geräusche vom Geschirrspülen, mittags und abends Kirchenglocken, eine Eisenbahn, der Zug aus Olten, Ankunft 17 Uhr 04.

Jetzt wirklich auch Teppichklopfen und wieder die Vögel, eine Wasserleitung. Die Stimme von Matthias, der die Mutter fragt: »Was ist das, ein Sattelschlepper?«

Jetzt Ruhe, nur noch die Wasserleitung.

Keine Lust zu beschreiben, Kieninger abgeschrieben. Kieninger taugt zu nichts. Ich will keine Leute in meinem Zimmer. Die Wolken am blauen Himmel sehen aus wie mit einem Gelbfilter fotografiert. Ich höre die Schläge eines Handwerkers. Im Schulbuch wären es die Schläge der Drescher oder die Schläge des Küfers, der die Ringe ans Faß schlägt.

Ich erwähne doch noch den Spiegel – Biedermeier vielleicht –, beim Trödler gekauft, oval, schwarzer Rahmen mit Goldrand.

Im Spiegel sehe ich mich.

2

Am 17. Februar 1927 reichten Bauherr und Architekt ein Gesuch zur Errichtung eines Dreifamilienhauses ein. Beilagen: Grundriß, Keller, Parterre, erster, zweiter Stock und Dachstock, 4 Fassaden, ein Querschnitt und eine Situation. Dazu eine kurze Beschreibung der beabsichtigten Baute: »Im Kellergeschoß befinden sich 4 Obstkeller, Waschküche, Zentralheizung und Kohlenraum und eine Garage. Parterre, erster, zweiter Stock und Dachstock enthalten je eine Vierzimmerwohnung mit Küche, Bad und WC. Die Kellerumfassungsmauern sind aus 37 cm Beton vorgesehen. Die Parterreumfassungsmauern sind aus 32 cm Backsteinen, diejenigen der übrigen Geschosse aus 30 cm Backsteinen vorgesehen. Das Dach wird mit dunkelengobierten Doppelfalzziegeln eingedeckt.«

(Engobieren heißt: Tonwaren mit einem feinen Tonschlamm begießen, um ihnen nach dem Brennen eine gleichmäßige, auch farbige Oberfläche zu geben.)

Man machte Berechnungen, kubische, statische und finanzielle – also denn ohne Zentralheizung. Verhandlungen mit der Bank, Verhandlungen, Berechnungen, Baubesichtigungen, ein schreiender Polier, ihm lag das Haus am Herzen, er liebte Mauern, schön gefugte Mauern, er maß mit dem Senkblei, mit der Spanne seiner Hand, mit der Wasserwaage, mit senkrecht und waagrecht gehaltenem Daumen, und er ließ nur Hamburgerkellen zu. Wer die nicht führen kann, gehört nicht auf den Bau.

Walmdächer geben dem Bau eine selbständige Note und machen die Behäbigkeit der Bauernhäuser aus.

Der Zimmermann schlug dem Architekten vor, einen doppelt liegenden Stuhl, ein Pfettendach aufzurichten, eine Konstruktion ohne Pfosten. Er mache das gern, sagte er, es gebe etwas zu denken dabei und nicht jeder könne es.

Ein Pfettendach hat den Vorteil, daß durch das Einfügen der Pfetten am First, in der Mitte und am Fuß die Lage der Sparren nicht vom Balken abhängig ist. Sparren nennt man die schräg liegenden Hölzer, die dem Dach die äußere Form geben.

Der Architekt ließ die Konstruktion statisch berechnen. Darauf gebe er nicht viel, sagte der Zimmermann, mit dem Kopf allein habe noch keiner ein Dach aufgerichtet, aber ihm solle es recht sein, es sollte ihn wundern, wenn einer seinen Plänen was anhaben könne.

Das Haus widersteht dem Regen. Gegenwärtig dem Regen des 27. Mai. Man findet in unserer Gegend Ziegel der elften römischen Legion, beim Aushub für ein Haus in der Innenstadt oder beim Nationalstraßenbau.

Ziegel sind das beste für die Bedachung eines Hauses, dabei sind sie nur lose untereinandergeschoben und an die Dachlatten gehängt. Wenn der Käfer nicht im Dachstuhl ist, kann ein Dach alles überdauern. Man kann Vertrauen haben zu den Ziegeln. Sie heißen dunkelengobierte Doppelfalzziegel.

Hausbock, Zimmermannsbock, Klopfkäfer bedrohen den Dachstuhl. Pochkäfer, Blauer Scheibenbock, Veränderlicher Scheibenbock, Pappelbock, Düster

Bock, Zangenbock, Körnerbock und Riesenholzwespe sind seltener.

Alljährlich bringt die Post das Schreiben einer Holzkonservierungsfirma mit angehängter Rückantwortkarte. Wir untersuchen kostenlos ihren Dachstuhl. Statistiken sagen, daß in gewissen Gegenden bis zu 70 Prozent der Häuser vom Hausbock befallen sind. Für den Laien nicht sichtbar frißt sich die Larve des Hausbocks, die eine Lebensdauer zwischen 3 und 10 Jahren hat, durch die Hölzer des Dachstuhls, sie vermeidet dabei die Oberfläche des Holzes, nur die Fluglöcher, durch die der ausgewachsene Käfer das Holz verläßt, sind sichtbar.

Der Hausbock kann den Dachstuhl zum Einstürzen bringen. Wir können nichts tun dagegen, es ist nicht unser Haus. Der Besitzer wird den Dachstuhl nicht untersuchen lassen, und wir wohnen unter seinem Dach. Ich habe das Holz abgeklopft. Es soll dumpf klingen, wenn der Käfer drin ist. Ich habe nach Fluglöchern gesucht.

Oder wie Herr Glauser den Mailänderdom, den er nur von Plänen und Ansichtskarten kennt, maßstäblich genau mit zusammengeleimten Streichhölzern rekonstruieren. In fünfzig Jahren eine kleine Notiz im Lokalblatt. Wie viele Arbeitsstunden, wie viele Jahre, wieviel Streichhölzer, Bäume, Sorgfalt, Ausdauer. Fügte man die Hölzchen in einer Reihe aneinander, reichten sie von da bis da oder umkreisten die Erde, oder gar mehrmals. In einer Geschichte stirbt er nach Vollendung des Doms, oder der Dom geht in Flammen auf.

Glauser macht eine Reise nach Mailand, erblaßt vor dem Original und kommt sich ganz klein vor unter den Türmen.

Oder das Original stürzt ein.

Oder fünfzig Jahre lang jeden Frühling den Föhn ertragen. Herr Glauser lebt in der Waschküche und klebt. Es ist noch schlimmer, als einen richtigen Mailänderdom bauen.

Die Zeitungsmeldung endet mit dem Hinweis, daß man von Streichholzfabriken Hölzchen ohne Schwefelkopf beziehen könne.

Sie ist geplatzt, wir meldeten es jede Woche. Ich bin froh, daß es endlich so weit ist. Jetzt muß sie repariert werden. Uns wäre es gar nicht aufgefallen, aber der Fleck an der Decke des Badezimmers im zweiten Stock wurde größer, und es begann zu tropfen. Sie sagten es uns. Sie waren sehr aufgeregt, und wir waren aufgeregt und suchten den Haupthahn im Keller und riefen den Spengler an. Er war nicht zu Hause. Er kommt, sobald er zurück ist, schließen Sie den Haupthahn.

Ohne Zentralheizung sei die Verwendung von Ölfarbe im Treppenhaus nicht ratsam, sagte der Maler. Wenn das Treppenhaus im Winter nicht genügend durchwärmt werden könne, bilde sich bei Witterungsumschlägen Schweißwasser, das vom Ölfilm nicht absorbiert werde und an den Wänden herunterlaufe. Das Treppenhaus müsse mit Mineralfarben, Kaseinfarben, eventuell mit Emulsionsfarbe behandelt werden. Letztere stelle er selbst mit Pflanzenleim und einem Zusatz von Firnis her.

Die Hauseingänge und Treppenhäuser müssen, obwohl es sich um rein sachliche Räume handelt, repräsentativ wirken. Die Werkarbeit, so sagte der Maler – er zitierte aus Kochs Großem Malerhandbuch –, die Werkarbeit bestimmt den Gesamteindruck des Hauses und gibt jedem, der es betritt, Kunde von der Leistungsfähigkeit unseres Berufes in geschmacklicher und technischer Beziehung. Gerade diese Räume werden in Mietshäusern von vielen Menschen benutzt. Oft kann man aber auch die Feststellung machen, daß leider noch sehr wenig geschieht, um eine sinnvolle Repräsentation dieser Räume zu erreichen. Durch freundlich heitere, auf keinen Fall düstere Stimmungen, mit oder ohne Betonung des praktischen Farbsockels, die Flächen eventuell mittels einer Flächenbelebungstechnik interessant gestaltet, horizontalen oder auch vertikalen Wandteilungen mit harmonischer, aber gegensätzlicher Betonung des Holzwerks, lassen sich recht gute Wirkungen erzielen. Die Farbe ist kein toter Baustoff, sie führt eine beredte Sprache zu jedem – das sagte der Maler, und – damit eine kommende Generation durch eine charaktervolle Werkarbeit erfährt, daß wir in ehrlichem Anpassungswillen bestrebt waren, nicht nur den zeitlichen Verhältnissen zu dienen, sondern auch nach neuem Ausdruck gerungen haben.

Wenn die Wände des Treppenhauses schwitzen, schlägt das Wetter um. Das ist ein zuverlässiges Zeichen, und mittags hängen die Gerüche des Kochens an der weinroten Farbe. Die Tünche über dem Sockel ist unansehnlich geworden.

Mit seinem Vorschlag, Kaseinfarben zu verwenden,

kam der Maler nicht durch. Der Architekt glaubte, man wolle ihn hintergehen, er beharrte um so mehr auf Ölfarbe, als er erfuhr, daß preislich kaum ein Unterschied bestehe, weil bei dem großen Arbeitsaufwand das Material nicht ins Gewicht falle.

Immerhin blieb der Maler fest in seiner Ansicht über die farbliche Gestaltung des Treppenhauses. Unter den Begriff »freundlich und einladend« fallen die Farben leicht zitronengelb, leicht goldgelb, mittelblau und weinrot.

Nicht unbedingt begeistert mußte er sich für ein dunkles Weinrot entscheiden. Die Farbe war durch den roten Verputz des Hauses (Pozzuolirot) gegeben. Aus Krapplack und Ultramarinblau wurde die Farbe gemischt. Der wohlklingenden Bezeichnungen zuliebe sei erwähnt, daß der Hauptbestandteil von Krapplack verlackter Mizarinfarbstoff, der des Ultramarinblaus Natriumtonerdesilikat ist.

Ich liebe den Geruch von Ölfarbe, mein Vater war Maler, liebe die Zeitungspapiermützen, die Bockleitern mit viel weißen und einigen andern Farbspritzern, die Schrift auf der Leiter, die auf der einen Seite aufsteigt und auf der andern hinuntergeht, die großen Kessel, die über die Spitzen der Leitern gehängt sind.

Jetzt sieht es so aus:

Der weinrote Sockel, 126 cm, ist durch ein 22 cm hohes graublaues Band von Boden und Treppe abgehoben und oben durch einen braunen Strich von 2 cm Breite geschlossen. Der Maler klebt zwei Papierstreifen im Abstande von 2 cm auf die Wand und bestreicht den Zwischenraum mit Farbe. Über dem Sockel ein Meter Tünche, Blanc fixe oder Bariumweiß.

Eigentlich nur um dem Lehrling das Schablonieren zu zeigen und vielleicht ohne besondere Berechnung, oder einfach weil das Treppenhaus von vielen Menschen benutzt wird, setzte er ein Band, ein Ornament zwei Finger breit über dem Sockel in die Tünche, ein durchgehendes Zickzackband, durchsetzt mit Ölzweigen in kreidig blauer Farbe. Das Ornament glänzt nicht speckig wie der Sockel. Der Maler hat seine Kaseinfarbe durchgesetzt.

Vom Häuserbauen verstehst du nichts, Kieninger. Daß du nicht nach Wien zurück willst, das ist deine Sache. Du bleibst morgens im Bett, sitzt nachmittags an deinem Schreibtisch, wen soll es interessieren, daß er eine Größe von 98 auf 53 Zentimetern hat, daß er hell lackiert und aus irgendeinem Holz ist?

Sicher hätte der Architekt, bevor er auf die Zentralheizung verzichtete, bei der Bauverwaltung eine Bewilligung einholen sollen; selbstverständlich ist das Weglassen der Heizung eine wesentliche Veränderung.

Vielleicht ist das auch geschehn. Das war vor 40 Jahren. Ich weiß, daß man im Archiv kein entsprechendes Gesuch gefunden hat, aber auch die Pläne sind nicht mehr vorhanden, und die waren da, wie im Baugesuch erwähnt ist. Das Haus jedenfalls steht.

Hingegen bist du verpflichtet, den Hausbesitzer auf die defekte Leitung aufmerksam zu machen.

Matthias, dritter Stock, spielt Eisenbahn. Im zweiten Stock kommt dazu, daß die Lampe an der Decke vibriert, denn der Knabe ist selbst die Lokomotive und stampft beim Anfahren.

Dabei hätte er Talent zum Zeichnen.

Das Haus zittert. Der zweite Stock ärgert sich. Weiter unten ist das Geräusch dumpfer. Während des Staubsaugens hört man hier gar nichts mehr davon. Teppichklopfen vor acht und nach sechs sowie über die Mittagszeit verboten; Gesetze über Sonntagsruhe vorbehalten, und überhaupt erträgt man Langeweile nur in ruhiger Umgebung.

Matthias weiß auch, daß die Bremsen der Lokomotive bei der Einfahrt knirschen (kreischen) und daß die Bähnler Obacht rufen.

Auch möchte ich Sie noch einmal darauf aufmerksam machen, daß von den Wänden des Kinderzimmers die Farbe blättert und daß die Wand nach und nach zerbröckelt.

Er verließ morgens um halb zehn das Haus. Er hatte nicht gefrühstückt. Er stieg die Treppe hinunter im roten Treppenhaus, er öffnete die Tür, zog sie hinter sich zu, ging durch den Garten auf die Straße, überlegte kurz, ob er nach links oder rechts gehen soll, ging nach links. Das ist ein Umweg von fünf Minuten. Fremde wählen die Straße, weil sie den Geleisen entlangführt. Aber kurz vor dem Bahnhof macht sie einen Bogen und führt auf die Straße zurück, die er hätte wählen sollen. Er hätte fünf Minuten gespart, ich kenne die Gegend.

Es ist einfach, seinen Weg zu verfolgen, Bahnhof, Bahnhofsplatz, Kastanienbäume, Bahnhofstraße, Brücke, Stadt. Er trank einen Kaffee, las eine Zeitung, ließ sich zum Kaffee ein Glas Wasser bringen. Am Bahnhofskiosk kaufte er ein Modejournal.

Er verglich mit Wien. Distanzangaben bezogen sich auf Wien und nicht auf seinen zufälligen Standort. Jeder Punkt, den ich mit dem Flugzeug, mit der Eisenbahn, mit dem Auto, mit dem Fahrrad oder zu Fuß erreiche, ist als erstes von Wien um so und so viel entfernt. Und nach einer längeren Pause gab er Beispiele dafür, sagte: »Tarragona zum Beispiel, Frankfurt zum Beispiel, London zum Beispiel, Rom zum Beispiel.«

Wenn man von Wien nach Frankfurt geht, wenn man also von Wien weggeht, um in Frankfurt jemanden zu treffen, in Wien weggeht und in Frankfurt ankommt, dann liegt zwischen den beiden Orten nichts anderes als eine Distanz.

Man muß Kieninger zugute halten, daß er versuchte, daran etwas zu ändern. Er versuchte mit seinem Aufenthalt die Distanz zwischen Tarragona und Wien zu teilen. »Doch ist es nun so«, sagte er, »daß es mir nicht gelingt, weil die Distanz zwischen hier und Tarragona für mich nicht besteht, sondern nur die zwischen Wien und Tarragona und die zwischen Wien und hier. Die Sache ist komplizierter geworden, weil eine neue Distanz zur alten hinzukam. Wenn ich schlecht gelaunt bin, hasse ich Piloten.«

Kieninger dachte daran, nach Wien zu fahren. Denn Tarragona gibt es nicht mehr.

Er war hier geblieben, um Tarragona zu retten. (Die Stadt leuchtet golden im Lichte der untergehenden Sonne.) Er war nicht gefahren, weil er wußte, daß ihm Tarragona während des Erzählens unter der Hand wegschmilzt.

Carole gibt es auch nicht mehr.

Tarragona ist nur noch so viel wie die Angaben eines Fremdenführers. (Vom Paseo arqueológico, dort wo der bronzene Augustus über die ausgestreckte Hand wegschaut, sieht man in die Olivenhaine, das dunkle Grün und die weißen Häuser, Ölberge.)

Es ist Sommer geworden. Die Sonne brennt, der Berg liegt im Dunst, die Kinos spielen schlechte Programme, und Straßen werden asphaltiert, und das Parlament hat Sommersession. Elfriede schreibt, sie werde im Juli für zwei Monate wegfahren. Zum Aussäen von Schnittlauch ist es jetzt zu spät, das hätte Ende Mai geschehen sollen. Wenn man ihn jetzt sät, wird er nicht mehr schnittreif. »Ich würde Ihnen empfehlen, einen Stock zu kaufen«, sagte der Gärtner.

Dann auch Kieningers Angst, hier krank zu werden, hier in diesem Haus, er war so weit, morgens den Puls zu prüfen und an die Stirn zu greifen. Er kaufte sich Vitamin C. An den Mandeln beginnt's, er schluckte einige Male leer.

In dieser Stadt einen Arzt suchen müssen, einen Arzt bezahlen müssen, ihm erklären, daß man Antibiotika nötig habe, ihm erklären, daß man jetzt keine Zeit habe, krank zu sein, nächstens abreisen wolle, in Wien erwartet werde. Ich weiß zu wenig von Kieninger. So schreibe ich denn Dinge, die ihn nicht ausmachen können, schreibe von seiner Anfälligkeit für Angina, erwecke den Eindruck, daß er hypochondrisch sei.

Der Zuhälter, der kürzlich vor Gericht stand, versuchte sich mit zwei unbekannten Herren zu decken. Nach ihrem Signalement befragt, sagte er, sie seien beide schwarz gekleidet, der eine sei klein, der andere groß gewesen. Damit kam er beim Staatsanwalt nicht durch. Die beiden Herren konnte es so nicht geben.

Aber wie hätte er zwei in Schwarz gekleidete Herren, die es gibt, beschrieben?

Kieninger suchte nach Möglichkeiten.

8. Juli, 22 Uhr, der Sprecher von Paris Inter macht darauf aufmerksam, daß Samedi soir à 8 heures der Trompeter, den sie eben hörten (venez d'écouter) um 8 Uhr im Cabaret Locomotive au Montmartre spielen werde. Er sagte es so, als müßte man hingehen.

Kieninger versuchte die Tage zu unterscheiden. Er kaufte sich etwas. Er überzeugte sich davon, ein hellblaues Blumenkistchen für den Fenstersims besitzen zu müssen, um Schnittlauch wachsen lassen zu können. Er ließ sich Prospekte geben, vergaß später sein Vorhaben, führte es plötzlich überstürzt aus, zeigte sich ungeduldig, als der Händler von Lieferfristen sprach, kaufte sich beim Drogisten blaue Farbe, ließ sich von den Argumenten des Gärtners nicht abhalten, beobachtete später stündlich die Saat, dachte daran, etwas anderes zu kaufen, etwas zu lesen, einen Brief zu erhalten oder krank zu werden, ging nachmittags in die Stadt.

Je zwei Treppen führen über ein Zwischengeschoß von Stockwerk zu Stockwerk. Mit Ausnahme der Treppe, die in den Estrich führt – sie ist aus Holz –, sind alle Stufen aus Kunststein, dazwischen sogenannte Terrazzoböden, man sieht auf ihnen den Schmutz kaum.

Die Bewohner des Hauses sind verpflichtet, die zwei Treppen zwischen ihrer Wohnung und dem untern Stockwerk wöchentlich einmal zu reinigen. Es besteht ein stiller Wettbewerb zwischen den Bewohnern, die sauberste Treppe zu haben. Streichhölzchen und andere Abfälle werden nicht auf die Treppe geworfen, weil nur wenige hier wohnen und sich kennen.

Nirgends sind die Pflichten festgelegt, es gibt keine Hausordnung. Vielleicht gab es einmal eine, in der müßte auch gestanden haben, daß die Haustür um zehn Uhr geschlossen wird.

Das tut die Frau im Parterre. Wenn sie um neun ins Bett geht, steht sie um zehn wieder auf, geht im Nachthemd zur Tür und schließt sie. Wenn in der Nacht jemand das Haus betritt oder verläßt, geht sie zur Tür und kontrolliert. Wir haben keine Hausordnung und sie hat keinen Auftrag. Sie dreht den Schlüssel zweimal.

Der erste, der morgens das Haus verläßt, öffnet die Tür, um fünf, um sechs oder später, das spielt keine Rolle, er schließt sie nicht mehr.

Das Schloß ist alt und die Schrauben sitzen nicht mehr fest im Holz. Die Tür ließe sich leicht eindrücken.

Die Haustür wird nach innen, die schräg gegenüberliegende Kellertür nach außen geöffnet; um ein Fahrrad in den Keller tragen zu können, muß man erst die Haustür öffnen, ohne Fahrrad eintreten, die Haustür schließen, die Kellertür öffnen und die Haustür wieder öffnen.

Die Obstkeller sind wie der Dachboden mit Lattenrosten unterteilt. Die Waschküche ist alt und unbrauchbar, zwei mit Zinkblech ausgeschlagene Holzbottiche, ein galvanisierter Kochkessel, eine Auswindmaschine. Daneben ein Raum, der einmal wohl die im Baubeschrieb erwähnte Garage war, jetzt irgendwie zugemauert ist und als Abstellraum benutzt wird. Darin vier Ölfässer, die Wohnungen werden mit Ölöfen geheizt, der Geruch im Winter, Ölflecken im Lehmboden.

Die Waschküche wird nicht mehr benutzt. Man mietet sich einen Automaten im Waschsalon. Es hat keinen Sinn, im Keller Äpfel und Kartoffeln einzulagern, die Kartoffeln keimen, die Äpfel schmoren zusammen. Sie werden bis zum nächsten Jahr so klein, daß man das, was zwanzig Kilo waren, mit einer Hand wegwischen kann. Weniges ist im Keller, was man beim Umziehen mitnehmen würde, ein Dreiradvelo, einige Kisten, Papier, alte Zeitungen, Einmachgläser, ein Kinderwagen.

Mit dem Keller begann es damals. Der Bauherr stand an der Grube, schaute dem Bagger zu und versuchte, in den Wolken die ungefähre Höhe des Hauses auszumachen. Dann stehen auch immer Pensionierte an den Baugruben und damals Arbeitslose.

Oder der Aushub geschah von Hand.

Matthias sagte: »Wenn ich groß bin, reiße ich das ganze Haus ab und bau euch aus den Steinen ein Schloß.«

Vom Flugzeug aus sieht man, wie die Menschen ihre Äcker geometrisch genau anlegen, wie sie die Ränder der Wälder sauber ausrasieren und wie sie sich Häuser auf die Erde stellen und mit weißen Strichen verbinden.

Das alte Ungetüm von Boiler ist weg, das Rauschen ist weg, die Armaturen sind aus der Wand geschraubt, die Wand aufgerissen, rote Ziegelsteine. Die Wand sei nur zehn Zentimeter dick, sagte der Spengler, man müsse vorsichtig sein. In die Rohrstümpfe schraubte er Zapfen. Die Wand ist noch feucht. Der Hausmeister will den Boiler reparieren lassen. Das geht nicht mehr, sagt der Spengler, er ist durchgerostet.

»In Bern gibt es einen, der macht das«, sagte der Hausmeister, »ich bringe den Boiler nach Bern.«

Einen 40jährigen Boiler kann man nicht mehr reparieren. Der ist verkalkt, durchgerostet, das lohnt sich nicht. Aber wenn der Hausmeister sagt, er bringe ihn nach Bern und man müsse für die Reparatur mit vier Wochen rechnen, dann will er vier Wochen Zeit gewinnen, will Zeit hinter sich bringen.

Er sagte nicht, das hat noch Zeit. Das konnte er nicht sagen, der Wasserstrahl, die Rostflecken, die feuchte Wand, die Tropfen an der Decke des zweiten Stocks. Er sagte einfach: Man muß mit vier Wochen rechnen, und weil der Spengler auf die Wand wies, betastete er die Wand.

Niemand bedauerte, daß wir kein warmes Wasser mehr haben. Sie dachten nicht daran.

Dem Spengler ging es um den Boiler, um den Rohrbruch, um die feuchte Wand, dem Hausmeister um seine Ruhe, um seine vier Wochen.

Die müssen wir ihm zugestehen, er hat ein Recht auf sie. Dann werden wir ihn anrufen, und er wird uns warmes Wasser zugestehen müssen.

Bestimmt sagt er dann, er bringe den Boiler morgen nach Bern.

Wir haben Mäuse im Keller. Wir wissen es, seit Matthias eine flüchten sah. Eine kleine braune, wie er sagt, mit langem Schwanz, eine Feld-Haus-Maus vielleicht, mit gelblichbraunem Rücken und grauem Bauch. Sie richten keinen Schaden an.

Matthias wünscht sich eine Mausefalle, nicht eine Schnappfalle, sondern so ein Gitterchen, das die Maus gefangennimmt. Er verspricht auch, daß er die Maus nur anschauen wolle, er habe noch nie eine lebende Maus von nahem gesehen, er werde sie gleich nach dem Anschauen in Freiheit lassen. Natürlich wird er es nur unter Tränen tun.

»Ich kann dir keine Falle kaufen. Du mußt verstehen, wenn du eine Falle hast und du fängst eine Maus, dann muß man sie töten. Wenn du etwas tun willst für die Mäuse, dann darfst du niemandem sagen, daß wir Mäuse haben. Ich weiß, du wirst sie nicht freilassen, du wirst sie behalten wollen, sie wird stinken. Und wenn du sie schon freilassen willst, dann darf man das nicht, das ist die Regel.«

Goldhamster leben von Körnern, die Mischung kauft man in zoologischen Handlungen. Auf Anhieb sind darin weiße und schwarze Sonnenblumenkerne und Maiskörner erkennbar. Auf der Gebrauchsanweisung wird besonders auf die Wichtigkeit der gepreßten Vitaminkörner aufmerksam gemacht. Dazu verabreicht man zusätzlich etwas Grünfutter. Wasser brauchen sie nicht.

Goldhamster hält man in einem Metallkäfig. Darin ist eine Tretmühle, in der sie nachts rumrennen.

Hykro Katzenstreu besteht aus kleinen roten Steinchen, ist geruch- und feuchtigkeitsbindend. Man braucht es für Katzentoiletten sowie als Streu für Kaninchen, Hamster und andere Kleintiere.

Tagsüber schläft der Hamster.

Eine Tasse voll Katzenstreu bindet die Gerüche im Kühlschrank, in Abfalleimern und Schränken. Katzenstreu entfernt die Feuchtigkeit von Kellerböden, entfernt Ölflecken und reinigt ölverschmutztes Leder.

Die Streu ist dänisch, die Körner kommen aus Holland.

Seit Kieninger mit einem Filzstift an die Tür seines Zimmers MR. KILROY WAS HERE geschrieben hat, ist vieles besser. Auch trägt er jetzt Gegenstände in sein Zimmer. In einem Acker fand er eine rostige Hacke ohne Stiel, im Garten ein riesiges Horn, das wie ein Mammutzahn aussieht, im Keller ein Bild Marilyn Monroes aus einer alten Illustrierten – sie hat Selbstmord begangen – und in einem Kehrichteimer die Mütze eines Bahnarbeiters mit einem Silbergalon auf gauloisesblauem Grund und einem Flügelrad als Kokarde. Er hat sich daran gewöhnt, keine Post zu bekommen. Elfriede antwortet nicht. Er hat noch nicht nach England geschrieben, obwohl er seit langem einen Satz im Kopf hat: Liebe Carole, Spanien ist weit weg.

Der Fall ist die Chronik eines sagenhaften Aufstiegs, der exemplarisch scheint für die unbeschränkten Möglichkeiten jener, die sich den Forderungen nach konfektionierter Schönheit anpassen und unterwerfen. Am

1. Juni 1926 wurde sie als uneheliche Tochter einer Arbeiterin geboren. Kindheit und Jugend standen unter schlechten Vorzeichen. Das Waisenhaus wurde durch harte, schlecht bezahlte Arbeit, die Arbeit durch eine verpfuschte Frühehe abgelöst. Mit 18 Jahren war sie eine enttäuschte Frau. Die nackte Not zwang sie. Baumgarth nutzte die Situation und setzte ihren Namen groß auf den Kalendertitel. Jahre später verkündeten die Schlagzeilen eine einmalige Heirat, die Verbindung zwischen Schönheit und Intellekt. Die Ablösung in ihrem Privatleben ist Zeichen für ihr höheres Streben. Mit einer schlechthin bewundernswerten Energie erarbeitete sie sich eine umfassende Bildung. Die Affäre ließ die Partnerschaft der gegensätzlichen Elemente in die Brüche gehen. Heute weiß man, daß der neue Start mißlungen ist.

Wir haben die Wochen nicht gezählt. Sicher ist die Zeit um, wir sollten telefonieren. Im Bad klafft immer noch das Loch, stehen die Rohrstümpfe aus der Ziegelwand. Wir wissen, daß der Boiler nicht in Bern ist, er liegt im Abstellraum des Installateurs. Wenn wir telefonieren, sagt der Hausbesitzer: Das dauert noch einige Zeit, vielleicht sagt er: Ich habe noch keinen Bericht.

Zudem sollte das Wohnzimmer tapeziert, die Decke geweißelt werden, sie ist braun und fleckig. Aber die Wohnung ist billig, wir finden keine andere zu diesem Preis und erst recht nicht so eine große, bestimmt nicht einen Hausbesitzer, der sich um nichts kümmert, solange das Dach dicht ist, der nicht in der Wohnung herumschnüffelt.

Vielleicht gibt es Häuser, die unheilbar sind. Der Hausbesitzer fürchtet sich, dies feststellen zu müssen. Sein Leben wird es zum mindesten noch überdauern.

In den Ferien macht Matthias die Entdeckung, daß er seine Schulkameraden genau vor sich sehe: »Ich weiß genau, wie sie aussehen. Ich sehe auch das Haus vor mir, ich könnte es fotografieren. Zeichnen könnte ich es nicht, ich weiß nicht, wie viele Fenster es hat.«

3

Kieninger ist weg. Er halte das nicht aus, sagte er. Wir fragten ihn, ob es das mit dem Boiler sei, was er nicht aushalte. Er wies mit der Hand ins Leere wie Augustus in Tarragona und sagte, ich halte es nicht aus.

Ich mußte daran denken, daß jemand einmal sagte, er könnte in einem tomatenfarbenen Haus nicht wohnen.

Als meine Mutter sagte, sie könnte in Engelberg nicht wohnen, wegen des Föhns, war ich überrascht, denn ich sah keine Ursache, in Engelberg zu wohnen.

Der Augustus ist ein Abguß des Originals und ein Geschenk der Stadt Rom.

Wenn Kieninger davon erzählt, streckt er seinen Arm aus, die Hand leicht hängend, die Finger gelokkert, schaut knapp über die Hand weg ins Weite, hebt dann seinen Kopf und spricht: People of Rome.

So muß er gestanden haben.

Aber Kieninger ist vielleicht nur spazierengegangen, wie er es jeden Tag tut. Oder wenn er jeden Tag zur Arbeit geht, ist er arbeiten gegangen. Neu ist nur, daß er heute gesagt hat, er halte es nicht aus.

Es ist auch wieder wärmer geworden, ein Föhneinbruch, die Leute klagen über Kopfweh.

Matthias fand einen toten jungen Vogel, langhalsig, nackt und blauadrig. Er fragte die Mutter nach einer Pappschachtel, er wolle den Vogel begraben.

In einer Ecke des Gartens begrub er ihn. Studer sagte, er wolle kein solches Zeug im Garten. Matthias grub ihn aus und trug ihn in den Garten des Nachbars. Da dürfe man, sagte der Sohn des Nachbars. Aber der Nachbar sagte, er wolle kein solches Zeug im Garten, und sie gruben ihn wieder aus.

Bleiben wir bei der Bezeichnung Garten. Vor zwei Jahren war es noch einer, ein Garten mit nach der Schnur gerichteten Beeten, mit aufgebundenen Brombeersträuchern und Erdbeeren mit unterlegter Holzwolle; die Beete gehackt, gerecht, angesät, gestampft und gewalzt, die Wege dazwischen mit Holzschuhen ausgestapft, Schuh neben Schuh gesetzt, vorsichtig der Schnur entlanggeschoben, die Ränder der Beete mit dem Rücken der Hacke abgeschrägt und festgedrückt; sommers Wasser getragen, eine gelbe Gießkanne aus Plastik. »Die aus Plastik sind auch leichter«, sagte der Verkäufer.

Und Zwiebeln und jedes Jahr zu viel Salat. Er stengelte auf. Studer verschenkte ihn den Nachbarn. Wir wissen nicht, wohin damit. Und kleine Grenzstreitigkeiten und kleine Gefälligkeiten. Das macht mir gar nichts aus, es geht in einem. Im Spätsommer die Dahlien und im Herbst die Astern. Immer ein gutes Wort für den Garten und abends einige Schritte den Beeten entlang und im Spätherbst Tannäste, um die Rosen zu decken.

Jetzt wurden dort Garagen gebaut, und zwischen Haus und Garten liegt ein asphaltierter Platz, nur ein kleiner Streifen an der Westseite des Hauses blieb übrig, niemand bebaut ihn.

Um halb acht kam Studer die Treppe hinunter. Er steckte den Schlüssel ins Schloß, drehte ihn, schob den Riegel zurück und öffnete die Tür. Er schaute nach den Briefkästen, als wenn über Nacht Post kommen könnte. Dann erst setzte er den Hut auf, blieb stehen, brach die Spitze seiner Virginia, zog den Strohhalm heraus, befeuchtete das Ende des Stengels mit der Zunge, drehte die Brissago mehrmals zwischen den Lippen, steckte sie zwischen die Zähne und setzte sie in Brand. Dann blieb er stehen, sah nach dem Wetter, nach der Pappel und dem Wind, nach der Sonne, nahm das Portemonnaie und zählte das Geld nach, dann schob er es wieder in die Gesäßtasche, schloß den Knopf und schlug mit der Hand prüfend darauf. Er trat einige Schritte zurück und schaute am Haus hinauf. Hinter den Läden des Parterre war Licht. Auch im ersten Stock waren die Läden geschlossen, Frau Studer schlief noch. Um neun Uhr, wenn er zurückkommt, wird wohl auch Kieninger die Läden geöffnet haben. Im zweiten Stock sah er die Löcher der leeren Wohnung. Dann nahm er das Streichholz auf, das er eben weggeworfen hatte, wollte es in die Tasche stecken, warf es wieder weg, öffnete das Gartentor und ging. Schon um halb neun kam er zurück, etwas früher als sonst. Er hatte am Bahnhofskiosk fünf Brissagos gekauft. Vier davon rauchte er heute, die fünfte war für morgen gedacht, morgen um halb acht, wenn er aus dem Haus kommt und stehenbleibt und dann geht, um am Bahnhof fünf Brissagos zu kaufen.

Sonntags gingen sie den Beeten entlang wie Bauern an ihren Äckern, bückten sich nach einem Stein, nach einem Unkraut, prüften Boden und Gewächs, kauerten vor den Erbsen und taten irgend etwas ohne Bedeutung, setzten sich dann auf die Bank vor dem Haus.

Ähnliches taten sie noch, als der Garten längst keiner mehr war.

»Können Sie mir die genaue Zeit sagen.«

»Meine Uhr geht nämlich vor.«

»11 Uhr 35.«

»Meine Uhr geht nach.«

Wenn es zwei waren, hat der erste gesagt: »Können Sie mir die genaue Zeit sagen.« Der zweite hat geantwortet, und der erste hat gesagt, daß seine Uhr nämlich vorgehe, und die Zeit wiederholt, und der zweite hat gesagt, seine gehe nach.

Oder der erste hat gefragt, und der zweite hat ohne zu antworten dem ersten seine Uhr gezeigt und, nachdem er gesagt hat, daß seine vorgehe, festgestellt, daß sie nachgeht.

Wenn es drei waren, kann jeder etwas gesagt haben, oder der dritte war am Gespräch überhaupt nicht beteiligt.

Der zog dann seine Taschenuhr, ließ den Deckel aufspringen, kontrollierte und nickte, während der erste sein Taschentuch nahm und sich den Schweiß von der Stirne rieb, wenn es Sommer war.

Einer der drei räusperte sich, steckte dann wieder den Virginiastummel in Brand, den er bis dahin kalt zwischen den Zähnen hatte.

Weil Studer eine goldene Taschenuhr besitzt, muß er

der dritte gewesen sein, der nichts sagte oder: »Meine Uhr geht nach.« Der aber dann die Uhr nicht richtete, sondern den Deckel zuklappte, mit einem Druck des Daumens gegen die Finger. Nun lag sie in seiner Hand, er faßte den Ring mit Daumen und Finger und drehte die Hand, Handrücken nach außen, die Uhr drehte sich, und er schob sie in das Uhrentäschchen seiner Hose. Obwohl er nichts gesagt hatte oder nur wenig und seine Uhr nur aus Gewohnheit aufklappte, kontrollierte, zuklappte und wegsteckte, war er mit dem Vorgang länger beschäftigt als der erste und der zweite. Länger als der erste, der die genaue Zeit wissen wollte, und länger als der zweite, der sie ihm gab. Er erfüllte mit seinen Bewegungen einige Sekunden und brachte sie hinter sich.

Ist Ihr Tabak ausgetrocknet und spröde, kann er auf folgende Art angefeuchtet werden. Man taucht zwei Löschblätter in eine Mischung von einem Drittel Rum und zwei Dritteln Wasser und legt den Tabak über Nacht zwischen die feuchten Blätter. An Stelle von Rum können unter Umständen auch andere Spirituosen verwendet werden (Whisky, Cognac etc.). Im übrigen empfiehlt es sich, im Tabakbeutel ein kleines Stück Orangenschale aufzubewahren. Dieses verhütet ein Austrocknen des Tabaks.

Während der Bauarbeiten an der Bielstraße ist diese nur in Richtung Biel befahrbar und in der Gegenrichtung von der Lorenzenstraße bis zur Werkhofstraße gesperrt. Der Verkehr wird so umgeleitet, daß beim Hermesbühlschulhaus links abgebogen, über das kurze Verbindungsstück in die Wengistraße gefahren und von dort auf der Werkhofstraße die Bielstraße überquert wird.

Kieninger schaut auf ein Mädchen, das im Nachbargarten liegt. Erst schaute er vom offenen Fenster des Zimmers aus, dann ging er in die Küche und schaute, ohne das Fenster zu öffnen, durch die Vorhänge. Jetzt erst ertappte er sich beim Schauen. Vorher schaute er nur so und hätte es abgestritten. Dann ging er in die Küche, um den Holunderstrauch von den Beinen des Mädchens wegzubringen. Er öffnete das Fenster nicht. Das Mädchen lag auf dem Bauch und hatte ein Buch vor sich. Kieninger dachte daran, wie die Frauen in ihren Röcken sitzen, wenn sie gehen, dachte, daß das, was sie lesen, durch den Kopf einer Frau in den Bauch einer Frau geht.

Er sagte: »Ich habe Sie gestern gesehn, Sie sahen gut aus, das war ein schöner Tag gestern.«

Er sagte: »Ich habe mich bestimmt nicht getäuscht, Sie kamen von der Brücke, Sie gingen in der Sonne, ich habe Sie gleich erkannt, gestern war ein schöner Tag.«

Er sagte: »Ich bin im Auto vorbeigefahren, Sie haben mich nicht gesehn.«

Er sagte: »Sie trugen ein weißes Kleid.«

Sie sagte, daß gestern wirklich ein schöner Tag gewesen sei, daß das ein Frühlingstag gewesen sei, daß sie sich nicht erinnere.

»Sie haben mich nicht gesehn, ich fuhr im Auto vorbei«, sagte er.

»Ich täusche mich doch nicht«, sagte er und daß sie ihm aufgefallen sei.

»Ich fuhr im Auto auf die Brücke zu, und Sie kamen von der Brücke. Sie trugen gestern ein weißes Kleid«, sagte er. Wenn er sie nicht gesehen hätte, wüßte er doch nicht, daß sie ein weißes Kleid getragen habe.

Er sagte: »Sie trugen doch ein weißes Kleid.«

Sie sagte, daß das eigentlich der erste Frühlingstag gewesen sei, daß der Frühling dieses Jahr spät sei, es sei schon Mai.

»Ich habe Sie vorher noch nie in einem weißen Kleid gesehn«, sagte er, »ich fuhr im Auto auf die Brücke zu, und Sie kamen mir entgegen in der Sonne.«

»Es war kurz nach Mittag, kurz nach der Brücke, Sie kamen mir entgegen«, sagte er.

Sie möge keine Sonnenbrillen, sagte sie.

»Sie trugen ein weißes Kleid, ich habe Sie nämlich gesehen«, sagte er.

Gartenabfälle werden durch die Hauskehrichtabfuhr angenommen. Sie sind in Körben bereitzustellen. Pro Liegenschaft werden an einem Abfuhrtag zwei Körbe unentgeltlich abgeführt. Stauden und Sträucher sind auf 60 cm zu verkürzen und in nicht zu große Bündel zu schnüren.

Mit Ausnahme der Sperrgüter können alle Haushaltabfälle in den vorgeschriebenen Kehrichteimern gesammelt werden. Zur Beseitigung der Metallsperrgüter, die im Kehrichtkübel keinen Platz haben, wird alle zwei Monate ein unentgeltlicher Abfuhrdienst durchgeführt. Die Metallsperrgüter sind gleichzeitig mit den

Kehrichteimern am äußern Trottoirrand bereitzulegen.

Man freute sich darüber, daß so viele Leute da waren. Fast aus jedem Haus kam jemand. Dabei war er kein guter Mensch. In den hintersten Bänken saßen all die, die wenig oder nichts zu tun hatten mit ihm, die Leute aus den Häusern unserer Straße. Sie trugen Mäntel über ihren hellen Anzügen und hatten sich eine schwarze Krawatte umgebunden. Er war lange Zeit im Ausland. Daß ihn die Sauferei ruinierte, sagte der Pfarrer nicht. Er sagte aber, daß seine Tochter aufopfernd für ihn gesorgt habe.

Vor der Kirche dankte die Tochter für unser Kommen.

Beim Bier sagte Studer, daß man damit habe rechnen müssen. »So viel Anstand habe ich ihm gar nicht zugetraut«, sagte er, »er hätte es ja auch im Haus tun können.«

Er wohnte im zweiten Stock.

So geschah jeden Tag das Unvermeidliche, daß es Tag wurde, daß Studer das Haus verließ, um halb acht, daß er zurückkehrte, daß die Frau im Parterre das Haus verließ, daß sie es um zehn Uhr schloß, daß man irgend einmal am Morgen erwachte.

Im Parterre wohnt die Frau vom Parterre, sonst niemand. Sie empfängt keinen Besuch. Sie schließt um zehn.

Im ersten Stock wohnen Studer und seine Frau. Studer raucht Brissagos, hat Bauch und Alter. Am Donnerstag kommt er erst nachts nach zwölf nach Hause.

Frau Studer lacht gern.

Im zweiten Stock wohnt gegenwärtig niemand. Bald werden neue Mieter einziehn.

Man wartet auf sie, auf ihre Gewohnheiten, auf ihre Möbel, auf ihr Schildchen an Hausglocke und Briefkasten.

Die Wohnung wird renoviert, Maler sind im Haus. Die Küche erhält einen neuen Herd und einen Spültrog aus Chromstahl. Bald wird man wissen, wieviel Miete die Neuen bezahlen.

Im dritten Stock wohnen wir.

Von Kieninger weiß ich, daß er mit der Engländerin nicht geschlafen hat.

»Er hätte es tun sollen«, sagt Rolf, »alles wäre uns erspart geblieben. Tagebücher kommen vom Nichtschlafen.«

Stefan äußert sich zu solchen Dingen nicht.

Studer hat gesehen, wie Kieninger am Bahnhof ein Modejournal kaufte.

Kieninger ist nicht bereit, mir Geschichten zu erzählen. Ich schiebe ihm Wörter zu, ich sage »Tarragona«, und er sagt »Tarragona«. Wenn ich »Elfriede« sage, wiederholt er es. Wenn er es mehrmals wiederholt und mit kleinen Unterschieden in der Betonung, werde ich aufmerksam und fülle sein Glas nach.

Ein Betrunkener hebt seinen Kopf, schaut mich an, sagt, ich erzähle dir alles, und schweigt.

Ein Betrunkener sagt einen Satz vor sich hin, sagt: »Die Bäume trugen so viel, daß es sie entzweiriß«, verzichtet darauf, es mit Gebärden zu verdeutlichen, behält seine Hände auf dem Tisch und ballt sie nicht zu Fäusten.

Wenn einer Pfeife raucht, ist das eine Geschichte.

Wenn sich einer einen Hund hält, ist das eine Geschichte.

Und ein Gärtner erzählt, daß er jetzt im Winter Salat in die Kästen säe, daß er dafür im Frühjahr bis zu 1 Fr. 50 löse, daß er mit einer Pinzette pikieren müsse, daß er die kleinen Pflanzen dann in die Couchen setze, daß sein Sohn auf dem Meer sei, jetzt schon das zweite Jahr, und daß der Sohn recht habe.

Wie er mir das Foto gibt, entfällt es mir, fällt zu Boden, und ich schäme mich. Er läßt es mich aufheben, ich gebe es zurück, er steckt es ein.

Der Sohn bringt dem Vater einen ausgestopften Kaiman mit. Kieninger ist weg.

Vor der Generalversammlung des Männerchors breitete Studer sein Leben aus.

Man hatte ihn als Veteran mit der Ehrenmitgliedschaft geehrt. Man hatte einen kurzen Abriß seines Lebens gegeben, und Studer bedankte sich nun für die Ehrung.

Er begann mit ›ich erinnere mich‹, erzählte die Geschichte eines Bauernbuben mit knielangen Hosen und Wollstrümpfen, widmete dem Umstand, daß die Wollstrümpfe an den Beinen juckten, einige Sätze, verweilte beim alten Käser, der Geschichten erzählte, der in Kanada war, und damals war das noch etwas. Der Käser brachte ihm auch bei, wie man die Harfe durch den Kessel zieht, halt dich hier fest, wenn ich rühre, man muß es ins Gefühl bekommen.

Die Zuhörer stellten sich unter einer Harfe etwas vor, vielleicht das Richtige. Es hat etwas mit Käse zu tun.

Später sagte man allgemein, man hätte ihm noch lange zuhören mögen.

Und Studer verließ nun den Käser, nannte noch seinen Namen, jetzt erst am Schluß, beschwor ihn noch einmal herauf: August Zemp, ein Entlebucher. Sprach dann vom auf dem Holzscheit knien, von der Schule also, sein Vater starb, nun war er ein Bub im Welschland, in Saignelégier, wo er Französisch hätte lernen sollen, aber der Herr nützte ihn nur aus, er hieß Gerber und sprach deutsch und hatte eine Mätresse, so nannte man das damals noch, und Studer begann eine Geschichte, wie er einmal dazukam, und ließ die Geschichte dann fallen, kehrte zurück nach Gossliwil und half im Stall und half den jüngern Bruder aufziehn, und wenn der Onkel in Leuzigen keinen Bub gebraucht hätte, Studer war jetzt achtzehn, dann wäre er wohl nie ein Schreiner geworden. Aber der Onkel bezahlte nichts für die Arbeit, und das Versprechen, ihn auszustaffieren mit einer Sonntagshose und einem rechten Kittel, hielt er auch nicht. Aber ein guter Meister war er.

Später kam ich zur Bahn. Ich mußte mein Zeugnis von der Gewerbeschule beilegen. Es zahlte sich nun aus. Jetzt bin ich pensioniert und seit 35 Jahren Mitglied unseres Männerchors.

Studer sagte später zwar, daß er noch manch Müsterchen hätte erzählen können und ob jemand noch den alten Mauderli gekannt habe – aber das änderte nichts mehr daran, daß ein ganzes Leben auf zwanzig Minuten zusammengeschmolzen war, auch wenn Studer sagte, nicht eingerechnet die frohen Stunden im

Kreise meiner Sängerfreunde, auch wenn Studer sagte, meine liebe Bertha, meine Frau.

Zwischen August Zemp und Saignelégier, zwischen Saignelégier und Gossliwil, Leuzigen und der Bahn lag all das, was keine Geschichten hergibt.

Kieninger ist noch nicht zurück. Wenn er bis zum Ersten nicht kommt, vermieten wir das Zimmer weiter.

Monatlich einmal kommt der Mann, der die Stromzähler abliest. Er trägt ein großes Buch unter dem Arm, daran erkennt man ihn. Nachdem man ihn erkannt hat, betritt er die Wohnung, geht zu den Zählern im Gang und schlägt das Buch auf. Die Zahlen trägt er mit einem roten Bleistift ein. Ohne es zu sehen, weiß man, daß er sie säuberlich einträgt und daß er die Zwei mit einer kleinen Kreisschleife am Fuß abschließt. Er spricht mit uns. Kälter geworden. Wärmer geworden. Einmal auch: Winter geworden. Auch den Winter liest er von den Zählern: Mehr Strom verbraucht. Dann: Dankeschön und: Auf Wiedersehn. Er ist ein kleiner Mann, der klein unter den Zählern steht.

Er steht zu nah an den Zählern, er hat einen ungünstigen Blickwinkel, er muß den Kopf in den Nacken legen. Aber er ist kurzsichtig und trägt eine Brille, er muß den ungünstigen Blickwinkel der längeren Distanz vorziehen.

Wenn er sagt ›kälter geworden‹, sagt er es zu uns. Wir denken nicht daran, daß er in allen Häusern sagt: Kälter geworden.

Er sagt es in allen Häusern, aber in allen Häusern zu den dort anwesenden Leuten. Und dann sagt er einmal: »Ich muß das letzte Mal zuviel aufgeschrieben haben, das tut mir leid, das kostet Sie nichts, das gleicht sich jetzt aus.« Dann trug er sein großes Buch wieder weg.

Ich habe einige gefragt. Alle lieben den ersten Schnee. Auch wenn er früh kommt. Dieses Jahr schon Ende November. Auf den Ziegeldächern haftet er zuerst, dann auf der Wiese, auf der Straße noch nicht, mittags ist er weg. Ich liebe Dinge, die lange bleiben.

Immerhin, die Überraschung ist dieselbe geblieben, der erste Blick aus dem Fenster – es schneit – man kann das in allen Schattierungen sagen.

Schnee ist nach wie vor etwas für Kinder.

Erwachsene dürften Schnee nicht gern haben. So wie Kinder nicht rauchen dürfen.

So wie Erwachsene mehr besitzen müssen.

Das Fräulein, das bei Studers ein Zimmer gemietet hat, besitzt einen Lederrock, eine Lederjacke und andere Kleider, besitzt einige Platten und liebt einen Burschen mit einem roten Auto. Auch Kieninger möchte wenig besitzen. Er kam mit drei Koffern an. Ein vierter Koffer würde all das, was er jetzt mehr besitzt, nicht fassen. Er sitzt fest.

Fluggesellschaften beschränken den Besitz eines Menschen auf zwanzig Kilogramm.

Bei schlechter Witterung, bei Nebel, bei Schneetreiben wird der Start verschoben. Landungen sind nicht verschiebbar, irgendwo muß das Flugzeug nach spätestens einer gewissen Zeit landen.

Kieninger überlegt sich diese Dinge genau. Er weiß auch, was es heißt, das nackte Leben zu retten. Im Brandfall ersetzen Versicherungsgesellschaften den Schaden im Verhältnis zur Summe der Versicherung.

Mit dem Geld und dem Gedächtnis kann man dann alles wieder kaufen.

Anfangs Dezember begannen wir an der Geschichte Kieningers zu zweifeln.

4

Bei einem spätern Besuch fiel auf, daß er die Zähler mit einer Stablampe beleuchtet, wenn er abliest, und daß er etwas größer ist als er wirkt. Der gestreckte Arm, der die Stablampe an die Zähler hält, läßt ihn etwas kleiner erscheinen.

Studers hatten ein kleines Bäumchen mit sieben Kerzen und weißem Schmuck. Am Vierundzwanzigsten feierten sie nicht, ohne Kinder hat es keinen Sinn. Zu zweit singt man nicht. Am Sechsundzwanzigsten kamen die Kinder mit ihren Kindern. Die Kinder fanden den Baum der Großeltern sehr klein. Sie sagten Gedichte auf, sie sangen. Sie sagten, der Großvater müsse auch mitsingen.

Und an den Dienstagen, das ist nicht wahr, kam stets ein kleiner weißer Mann, ein Kind mit weißem Gesicht in weißen Kleidern, ging die erste Treppe hoch bis zum Hochparterre, breitete dort die Arme aus und drehte sich. Ging die zweite Treppe hoch bis zum Zwischengeschoß zwischen Parterre und erstem Stock, breitete die Arme aus und drehte sich. Dann im ersten Stock, dann im Zwischengeschoß, dann im zweiten Stock, dann im Zwischengeschoß, dann vor unserer Tür.

Jedesmal drehte er sich und breitete die Arme aus. Man sah, das waren Tänze, und weil sie keinen Sinn hatten und er sich nicht zu freuen schien daran, war er ein Clown. »Am Dienstag kommt der Clown«, sagten wir. Und wenn jemand sagte: »Es ist Montag«, sagten wir: »Morgen kommt der Clown.«

Aber es ist nicht wahr.

Es hat auch nichts zu bedeuten.

Wir haben den Clown auch nicht Annemarie genannt.

»Annemarie würde ich so etwas zutrauen«, sagte Kieninger, »diese Drehung mit ausgebreiteten Armen, das ist ganz Annemarie. Wenn der Clown mit kurzen Schrittchen kam und mit kurzen Schrittchen wieder ging, dann war es Annemarie.«

Wenn es doch nicht wahr ist.

Kieninger sagte, daß ihm aber so etwas Spaß machen würde und daß gerade der Dienstag ihn auf Annemarie gebracht habe, weil Annemarie am Dienstag ins Kino gehe, immer am Dienstag. Dabei sagte er erst kürzlich, daß Annemarie am Montag ihren freien Tag habe.

Annemarie ist auch nichts weiter als ein schöner Name.

»Das sagst du«, sagte Kieninger.

Er hatte nun eine Aufenthaltsbewilligung und ging zum Zahnarzt. Ich sah seinen Paß. 1935 geboren und keine besonderen Kennzeichen, ein Einreisestempel Port-Bou, ein Ausreisestempel Port-Bou. Vom 5. April bis zum 15. April 1955 war er in Spanien und besaß ein entsprechendes Einreisevisum.

Die Möglichkeit, daß Kieninger vor einigen Monaten wieder in Spanien war, besteht unter der Voraussetzung, daß in Port-Bou keine Ein- und Ausreisebescheinigungen mehr gestempelt werden. Ein Visum für Spanien ist nicht mehr erforderlich.

Ich fragte ihn, ob er denn Zahnschmerzen habe. Er sagte, er gehe nur zur Kontrolle.

Ich habe mich entschieden, was mit Kieninger geschehen soll. Am Ende wird er nach Wien reisen. Das ist alles. Er wird hier gewesen und weggegangen sein. Er wird mich zurücklassen, wird mir sagen: Mach dir nichts vor, du wirst hier bleiben, immer wirst du hier bleiben, du kommst nicht weg von diesem Scheißkaff.

Er fand das Wort »Tarragona« in der Zeitung, zwei R zwischen zwei A, ein hartes T und ein weich ausklingen des Gona. Er las den Bericht über die Unwetter in Spanien, Hunderte von Touristen obdachlos; ein Gewittersturm von fürchterlichen Ausmaßen hat in Verbindung mit tropischen Regengüssen am Mittwochabend die spanische Mittelmeerküste bei Tarragona heimgesucht. Er suchte nach Bekanntem: Spanische Mittelmeerküste, das war dort, wo das kleine Amphitheater verkommt; das Städtchen Villanueva y Geltru, dessen Behörden das Unwetter als das schlimmste seit 1923 bezeichneten, kannte er nicht. Vom Zeltplatz »Bon Vi« hatte er nie gehört, er legte ihn erst an die Hänge westlich der Stadt, dann wieder ans Meer südlich, las noch einmal den ganzen Bericht, suchte irgendeinen Namen, irgend etwas Bekanntes, suchte den Beweis, daß er da war, daß es Tarragona gibt, und las, daß dreitausend Touristen den größten Teil ihrer Ausrüstung verloren hätten. Die Behörden schickten Vertreter in die betroffenen Gebiete.

Sosehr er sich bemühte, der Bericht war für ihn nicht mehr als für andere. Das Wort »Tarragona« gab nicht mehr her als seine zwei R zwischen zwei A. Viele geparkte Wagen wurden fortgespült, 45 Autos beschädigt. Hotels, Restaurants und Anwohner verteilten Kleidungsstücke, Decken und Lebensmittel an die Betroffenen.

Oder wenn jemand in Lederjacke jemandem in Lederjacke erzählt, daß, als er letzte Woche nach Hause kam, er einen im Bett seiner Frau fand – und dann sagt: Stell dir vor, du wärest verheiratet und kämst dann nach Hause. Ich hätte sie umgebracht, hätte die Schwiegermutter nicht geschrien. Das Herz machte so. Ich habe noch nie erlebt, daß das Herz so fest so machte.

Er preßte seine Hand, seine Faust aufs Herz, sagte immer wieder, daß es so gemacht hätte.

Häuser bieten Schutz vor Regen, vor der Witterung im allgemeinen, bieten einen gewissen Schutz vor Dieben, vor Mördern, sind abschließbar, aber sie sind vor nichts gefeit. Die Polizei empfiehlt, bei längerer Abwesenheit nicht sämtliche Fensterläden zu schließen, irgendwo, wenn möglich, ein Licht brennen zu lassen und überhaupt alles zu vermeiden, was auf die Abwesenheit des Bewohners schließen lassen könnte. Wertgegenstände nehmen die Banken in Depot. Als besonders wirksam hat sich auch erwiesen, jemanden zu beauftragen, während der Abwesenheit von Zeit zu Zeit in die Wohnung zu gehen und nach dem Rechten zu sehen, die Wohnung zum Schein zu bewohnen, den einen

Fensterladen zu schließen und den andern zu öffnen, das eine Licht zu löschen und das andere anzuzünden.

Zum zweiten Stock:

Die Möbel hatten ihren Platz. Man kann sie immer noch umstellen, sagten sie. Sie sagten zu den Trägern: Die Kommode vielleicht da, die Betten haben wir uns da gedacht, den Tisch vorläufig da. Jetzt beanspruchten sie ihren Platz. Er sagte noch: Warum eigentlich nicht so lassen. Sie sagte: Mir gefällt es so. Als die Träger am Küchentisch ihr Bier tranken, dachten sie: Wir werden Gäste haben.

Möbel sind schwerfällig, die Träger wissen davon. Der Vertreter sagte auch, daß man Betten eben nicht nur so kaufe, sondern für ein ganzes Leben, daß eine Federkernmatratze sich nicht aufarbeiten lasse, sonst gut sei. Dann stehen Möbel da und beanspruchen ihren Platz und haben ihr Gewicht und sind schwerfällig. Man muß ihnen ausweichen. Nach zehn Jahren werden die Möbel umgestellt. Es ist so wie neue kaufen. Er freut sich während des ganzen Tags auf seine Wohnung, weil sie jetzt neu ist. Aber schon nach einer Woche stehn sie wieder da, mit ihrem ganzen Gewicht. Man muß ihnen ausweichen. Abends versuchen sie mit Gästen die Wohnung zu verändern, sie versuchen es mit Dispersion, mit Bast, mit Strohmatten, mit Ordnung.

Der zweite Stock hat wieder Mieter. Die Nachbarn haben die Möbel gezählt. Die Frau ist blond. Der Mann verdient gut, seine Frau ist hübsch. Sie sind verheiratet, sie haben Möbel. Die Roßhaarmatratzen lassen sie in zwanzig Jahren aufarbeiten.

Wenn man den Frauen glaubt, sahen sie so aus: Alle in Schwarz, alle mit Hüten, mit hohen Hemdkragen und kleinen festen Krawattenknöpfen. Sie drangen geschäftig in die Wohnung, grüßten kaum – die Frauen sagten, grüßten nicht – schauten, sagten ja, nickten, sagten gut.

Das sagten sie zum Hausmeister, der mit ihnen kam, der nicht schwarz gekleidet war und auf die Dinge wies. Dann gingen sie weg, wir konnten überhaupt nichts sagen, sagten die Frauen.

Wenn eine Kommission kommt, geht es um Geld, und nächstens befreit man die alten Häuser von der Mietzinskontrolle, und nächstens will man den Bau von neuen Häusern einschränken, und die Banken geben schon jetzt nicht mehr so freimütig Geld wie vor kurzem, und der Hausbesitzer war sehr zufrieden, als die Herren ja sagten und gut sagten.

Die Frauen sagten es abends den Männern.

Am selben Tag aber – morgens – nachmittags kam die Kommission – holte der Hausbesitzer beim Spengler den Boiler ab, schrie den Spengler an und brachte den Boiler nach Bern.

Möglich ist auch, daß es die Schatzungskommission vom Katasteramt war, daß es die Kommission der obligatorischen staatlichen Feuerversicherung war, wenn es solche Kommissionen gibt.

Es besteht trotz allem noch die Möglichkeit, daß es mit dem Zins nichts zu tun hat.

Es besteht auch die Möglichkeit eines Rekurses bei der Mietzinskontrolle.

Was man vergißt, vergißt man. Das muß so sein. Es hat keinen Sinn, mit Fotos daran etwas ändern zu wollen, sagten sie zueinander (sagte sie zu ihm und er war gleicher Meinung, oder sagte er zu ihr und sie war gleicher Meinung).

Also versuchte er, sich Caroles Gesicht einzuprägen. Erst jetzt, Monate später, erkennt er, daß ihm das nicht gelang. Auf Fotos erkennt man Caroles Gesicht nicht, es wirkt zu breit oder zu fahl. Es gibt Gesichter, die sind in einem Moment nicht das, was sie in mehreren sind.

Artmann hat so ein Gesicht, Artmann hat mehrere Gesichter, und die Gesichter verändert er dann noch mit falschen Nasen, die er in Buttericks Zauberladen kauft.

Der Einfachheit halber könnte Kieninger ein solches Gesicht haben.

Die Gesichter von Kellnerinnen, von Autofahrern, von Polizisten prägen sich ein, ohne daß wir wollen. Und wenn wir ihnen falsche Namen geben, hat das nichts damit zu tun, daß wir ihre Gesichter vergessen hätten.

Nachts, wenn Kieninger nicht schlafen konnte, erschwerte er sich das Einschlafen damit, daß er Gesichter für Carole suchte und sie versuchsweise auf ihren Körper setzte. Fotogene Gesichter sind solche, die in einem Moment mehr sind als in mehreren.

Der Neue im zweiten Stock ist blond und sicher älter als seine Frau. Er trägt eine Brille und arbeitet in einem staatlichen Büro.

Während der Pause im Kino ging er gemessenen Schrittes, die Hände auf dem Rücken, zwischen den Rauchenden, die nicht gingen, auf und ab. So geht man in Theater- oder Konzertpausen.

Annemarie sagte, sie besitze ein Stück Nußbaumholz von einem Nußbaum, den sie sehr liebte. Zu Annemarie darf man keine solchen Sachen sagen. Annemarie begreift das nicht und lacht. Aber Annemarie sagt solche Sachen.

In der Diele liegen zwei graue Sisalteppiche. Durch die Benutzung haben sie sich etwas ausgedehnt. Die Enden stoßen gegeneinander und bäumen sich auf, man strauchelt über sie. Dadurch fransen die Enden aus.

Die Tür zum Dachboden sperrt. Man muß sie mit einem kräftigen Stoß schließen. Es hallt durchs ganze Haus. Oft springt sie wieder auf. Es zieht.

Die Ölkanne, mit der man das Öl für den Ofen holt, ist leck. Wenn man sich beeilt, verliert man kaum Öl auf dem Weg, aber man darf sie unterwegs nicht abstellen, es entstehen Ringe. Die Frau vom Parterre beklagt sich über Milchflecken auf der Treppe.

Beim Aufstellen des Büchergestells fiel auf, daß die Wände, Böden und Decken nicht im Winkel sind. So sehr können sie sich nicht verschoben haben, das war immer so. Der Bauherr ging während des Baus pleite. Die Handwerker bürgten für die Hypothek und arbeiteten für den halben Lohn.

Ein Lichtschalter im Treppenhaus ist defekt. Erst nach mehrmaligem Drehen schnappt er ein. Eine Frau stürzt im dunklen Treppenhaus und schreckt die schlafenden Bewohner auf. Durch das Dach dringt Schnee.

Er holt im Keller die Gießkanne und die kleine Hacke.

Im Kellergeschoß befinden sich: 3 Obstkeller, Waschküche und je eine Garage pro Haus.

Sie haben nun endlich eingesehen, daß ich ein Recht auf ein eigenes Zimmer habe.

Es ist gut, Emil.

Gestern war ein schöner Tag.

Ich wollte etwas beweisen, ich habe während des Schreibens vergessen, was es war.

Du rauchst zu viel, du hast ganz gelbe Finger.

Die Sonne macht sie bös, nachts wälzt sie sich in ihrem Bett und kann nicht schlafen.

Vielleicht gibt es Häuser, die unheilbar sind.

Sie soll doch sagen: »Die Heizung ist mangelhaft.«

Herr Studer schneidet auch zweimal im Jahr die Thujahecke vor dem Haus und kehrt samstags den Hausplatz. Er sagt, daß Zigarettenrauchen der Gesundheit schade. Um halb acht kam Studer die Treppe herunter.

Das schöne Mädchen trägt eine goldene Spange im Haar.

Er setzte sich auf die Bank an der Westseite des Hauses und schaute nach dort, wo zwischen Bäumen die Stadt liegt.

Annemarie ist auch nichts weiter als ein schöner Name.

Vorerst rauhte er mit der Hacke die Erde auf, bückte sich und nahm das Unkraut zusammen, warf es auf die Steinplatten, las einige Steine auf, befreite sie mit dem Daumen von der Erde und warf sie zum Unkraut.

Herr Josef Wenzel, Gärtner in S., schreibt uns unaufgefordert.

Es freute ihn, wenn Manchester siegte.

Er sprach von Champignons, dann von Schnecken und später von Chinchillas.

Um nicht erleben zu müssen, wie es ihm während des Erzählens unter der Hand wegschmilzt.

(Tarragona leuchtet golden im Lichte der untergehenden Sonne.)

5

Immer wieder der Versuch, Papier zu füllen, Erkundigungen bei der Bauverwaltung, ein Baugesuch vom 17. Februar 1927, in Peter Dürrenmatts Schweizergeschichte steht, daß es 1926 14000 Arbeitslose gab. Günstige Zeit, billige Häuser zu bauen. Mein Vater sagte: »Sie saßen auf der Straße und standen in den Bahnhöfen, machten düstere Gesichter und trugen Hüte.«

Nach zeitgenössischen Fotos übrigens breitrandige und Schlägermützen.

Elend schildern:

»Und das ist also das Zimmer, wo im Jahre 1673 die wackere Schloßfrau Françoise Barbier die vier Galane einsperrte, die den Grafen René zum Cocu machen wollten.« (Château de Kerjean, Bretagne, im Michelin mit einem Stern ausgezeichnet.) »Au fond du parc nord, une fontaine renaissance domine un étang.«

Brest wurde im zweiten Weltkrieg völlig dem Erdboden gleichgemacht.

Schweizer besuchen übers Wochenende den Hartmannsweilerkopf, er wurde im ersten Weltkrieg um einige Meter kleiner geschossen. Einsatz von französischen Panzern, die Deutschen hielten sie für Wassertanks.

Man hört übers Wochenende auf dem Parkplatz vor dem Soldatenfriedhof vom Hartmannsweilerkopf oft die Meinung, der Krieg sei ein Irrsinn.

Um ein Haus untersuchen zu können, müßte man einen Grund haben, müßte man es vielleicht im Auftrag einer Holzkonservierungsfirma tun, im Auftrage des Katasteramtes, des Hausbesitzerverbandes, des Mieterschutzes. Man müßte es auf seinen Zustand untersuchen, oder auf seinen Wert, auf seine Bewohnbarkeit. Kieninger ist immerhin geschickter, er hat seine Tarragonageschichte; sie begründet sein Verhalten, Geschichten begründen.

Kieninger hat zum Beispiel das Recht, sich immer wieder über den Verlust des Boilers zu beklagen.

Aber er ist ein Gast geworden, der nicht merkt, wann er unerwünscht wird.

Ich beobachte ihn. Ich verlasse mein Zimmer nicht mehr und weiß trotzdem, wann er durch den Garten geht, wann er seinen Kaffee trinkt und daß er sagt, der Kaffee in Wien sei besser. Er sagt, auch in Tarragona bekomme man Wasser dazu.

Ich weiß, daß er hier bleibt. Hier ist er der, der von Tarragona kam und nach Wien geht. Das ist er in Wien nicht mehr.

Er weist mir Fallfehler nach, wenn ich mit ihm spreche. Erst jetzt fällt mir auf, daß ich seinen Akzent nicht ausstehen kann. Ich wußte, daß er Wiener ist, als er sich hier ein Zimmer mietete, als ich von ihm zu schreiben begann. Ich kenne die Stadt nur flüchtig. Ich weiß, daß ich mich ärgerte, als ich da war. Zum mindesten ist Wien die Stadt, mit der mich am wenigsten Vorstellungen verbinden, eine Stadt, nach der ich grundlos gehen könnte, einfach so.

Kieninger wird mir zur Belastung, sobald mir bewußt wird, wieviel nur der Umstand, daß er Wiener ist, zur Folge haben kann, wieviel damit ausgeschlossen wird. Schon sein Name schließt vieles aus. Damit will ich mich abfinden. Es soll dabei bleiben.

Wenn es heiß ist, im Juli, schwitzt Kieninger; wenn es kalt ist, friert er. Innerhalb dieser Geschichte wird er nicht sterben, er wird nach Wien reisen, das ist alles. Das ist wenig.

Kieninger ist spazierengegangen.

Kieninger hat eine Stelle gefunden.

Kieninger macht die Fahrprüfung.

Kieninger hat schon wieder ein neues Auto.

Kieninger ist wieder hier.

Kieninger ist weg.

Ich habe vergessen, wie er aussieht.

Keiner gleicht ihm, keiner ist so wenig wie Kieninger.

Kieninger kann die Arme bewegen, den Unterarm und den Oberarm, aufwärts und abwärts. Er kann mit der Speiche eine halbe Drehung um die Elle ausführen. Er kann ein Bein vor das andere setzen, den Kopf drehen, den Mund öffnen und wieder schließen, er kann die Zunge an die Zähne legen, einatmen, Luft durch die Kehle pressen. Er hat eine Stimme in der Kehle. Er kann Nahrung aufnehmen, er kann kundtun, ob sie ihm schmeckt.

Kieninger kann alles.

Aus Kieninger kann man einen Soldaten machen. Aus Kieninger kann man einen Schreiner machen, einen Bauzeichner, einen Schaufensterdekorateur. Kieninger könnte auch Schaufensterpuppen auf die Schulter laden und ins Schaufenster tragen, er könnte sie anziehen mit neuen, makellosen Kleidern und ihnen Falten stecken, eine Zeitung in die Hand drücken oder eine Tabakpfeife, oder er könnte ihnen eine Hand ans Kinn legen, damit sie denken, den Zeigefinger an die Wange, den Daumen unters Kinn und die innere Seite des Mittelfingers an die leicht geschlossenen oder leicht geöffneten Lippen.

Klavier spielen kann er aber nicht und er hat Mühe mit Fremdsprachen. Deshalb muß hier erwähnt werden, daß die Engländerin Carole Deutsch können muß.

Klavier spielen sieht nicht so aus, wie wenn man es lernen könnte. Wenn sich einer an ein Klavier setzt und den Deckel hebt und einige Töne anschlägt und dann in die Tasten greift und spielt, dann sieht es nicht so aus, wie wenn er es gelernt hätte.

Ich suche ihn. Er sagte, er halte es nicht aus, und dann ging er und ich begann ihn zu suchen. Ich blieb in meinem Zimmer und ging in Gedanken durch die Stadt, setzte ihn in ein Café, in eine Wirtschaft, an einen großen Zeichentisch, den Bauzeichner Kieninger. Ich hielt Leute an und fragte sie, ob sie einen Mann gesehen hätten, groß und breitschultrig, mit einem blau-weißen Halstuch. Ich rief ein Restaurant an, fragte nach Kieninger, buchstabierte den Namen, meinen erst, dann seinen, hörte, wie er ausgerufen wurde, wußte, daß er nicht da sein kann.

Außerhalb dieses Hauses gibt es keinen Kieninger. Es gibt ihn, wenn er hier ist, wenn er weggeht und wenn er zurückkommt. Ich fragte nach Binswanger, nach Haberthür, nach Kurattli, dachte dabei an Kieninger, nicht einmal der Name spielt mehr eine Rolle (Kinsey, Kiesewetter, Kilroy). Dann gab ich ihm einen Hut, einen Lodenmantel, nahm ihm das Halstuch wieder, klein mager, mit Schnurrbart.

Und ich dachte daran, daß ihm was zugestoßen sein könnte, rang mir Mitleid ab, wollte einen guten Freund verloren haben, wollte ihn finden, hörte ihn sagen:

Alle wissen, daß ich nach Wien möchte. Alle finden es richtig, daß ich nicht gehe.

Weil es auf der Hand liegt, daß ich nach Wien will, sage ich allen, ich will nicht – und nicht einer sagt mir, geh doch, mach keinen Quatsch, einmal gehst du ja doch.

Alle sind meiner Meinung.

Kieninger sagt:

Annemarie ist klein, Annemarie hat große Augen, Annemaries Haare sind kurz. Annemarie ist rund, ihre großen Augen sind dunkel, ihr kurzes Haar ist braun.

Und Kieninger erzählt von Herrn und Frau Birkenfelder in Ulm. Die fröhliche Frau Birkenfelder ist 37 und wirkt jünger, ihr Sohn ist zwanzig, ihr Mann ist Taxifahrer. Annemarie besitzt eine Schreibmaschine und schreibt an ihrem freien Tag alles auf, was ihr in den Sinn kommt, sie schreibt alles eng ineinander und ohne große Buchstaben. Frau Birkenfelder ist eine Zimmervermieterin, sie ist blond. Annemarie wohnt nicht in Ulm. Sie hat nichts zu tun mit Herrn und Frau Birkenfelder. Annemarie hat ihren freien Tag am Montag. Annemarie hat Einfälle, Annemarie schlägt vor, Mutzelmandeln zu essen, man ißt mit Annemarie gern Mutzelmandeln, Annemarie hat Mutzelmandeln gern. Frau Birkenfelder macht die besten Pfannkuchen, wenn man es ihr sagt, sagt sie, sie habe ein Rezept. Annemarie ist völlig verloren. Annemarie schätzt es nicht, wenn man Sachen nicht liebt, die sie gern hat. Annemarie hat Jazzplatten und eine Platte mit Frank Sinatra. Annemarie hat die klassischen Platten verschenkt. Annemarie hat die Amerikaner gern, wenn sie wieder heiratet, heiratet sie wieder einen Amerikaner. Annemarie ist weit gereist. Sie verwechselt die Breitengrade mit den Sternen, sie möchte unter einem andern Stern leben. Sie hat ein Buch gelesen von Amos Tutuola, würde sie einen Amerikaner heiraten, der Mister Tutuola hieße, würde sie Annemarie Tutuola heißen. Annemarie weiß nicht, wie Palmwein schmeckt. Wir haben getan, als wüßten wir es, und gesagt, er schmecke nicht gut. Annemarie hat studiert. Annemarie ist eigenwillig.

Herr Birkenfelder will nicht, daß seine Frau allein reist. Frau Birkenfelder reist gern. Wenn sie reisen, reisen sie nach Italien. Herr und Frau Birkenfelder haben viele Freunde. Frau Birkenfelder schreibt im September ihren Freunden Karten aus New York. Annemarie schreibt aber nie.

»Ich habe sie nicht gemocht. Sie war eine wirklich schäbige Person. Marylin war völlig verrückt, sie hatte den Körper einer Frau, aber das Gehirn einer Vierjährigen. Wenn sie nicht so sexy ausgesehen hätte, wäre sie mit Sicherheit eingesperrt worden«, sagte einer ihrer Kollegen zwei Jahre nach ihrem Tod.

Nachts – auf der Gartenmauer saß eine schwarze Katze. Sie bewegte sich nicht, als er vorbeiging. Und neben der Mauer im Gras lag eine Katze. Sie war hingestreckt, als ob sie schliefe, den Kopf zur Seite geneigt, die Pfoten aufeinandergelegt. Er nahm einen Stein und warf nach ihr. Erst jetzt bemerkte er den Blutfleck auf der Straße und später die Bremsspur eines Autos.

Ein Mädchen sagte: »Das mache ich nicht mehr mit, ich muß täglich den Sauköter baden.« Es gibt also Leute, die täglich ihren Hund baden.

Vor dem Haus haben die alten Rhabarber die Betonplatten wieder gehoben. Der Garten ist nicht kleinzukriegen. Der Stock links gehört Studers, der rechts der Frau im Parterre. Ich sagte: Es ist unglaublich, diese Kraft der Rhabarber. Studer sagte: Die Kraft im Boden.

Rhabarber können Asphaltstraßen durchbrechen.

Wenn über Rhabarber gesprochen wird, kann Kieninger mitsprechen, über Katzen weiß er einiges, er weiß, daß man Hunden keinen Zucker füttern soll. »Wäre das mein Hund, er bekäme keinen Zucker.« Zucker macht Hunde blind, die Genfer Konvention ist ein Abkommen zum Schutze der Verwundeten und Gefangenen im Kriege. Die Kanone eines Panzers hat einen sogenannten Stabilisator. Die jedermann bekannten Korallen sind eine Schutzvorrichtung, nämlich Gehäuse der Korallenpolypen, die so weich sind, daß sie vom Wellenschlag vernichtet würden, wenn sie nicht die Fähigkeit hätten, Kalk aus dem Wasser zu ziehen und ihn als steinerne Umhüllung auszuscheiden. Wenn man durch eine Stadt (town) geht (to walk), dann immer auf der Schattenseite und immer die Sonne (the sun) im Rücken und warum (why), man lebt länger. Durch Atemanhalten kann man sich nicht das Leben nehmen.

Allgemeinbildung ist nicht etwas, das man lernt, sondern etwas, an das man sich gewöhnt. Die Bedeutung der Wörter und ihre Herkunft ist eine faszinierende Sache, aber es kommt nicht darauf an. Man muß nicht wissen, was sie bedeuten, sondern, wo man sie hinstellt.

Das Wort »Zweck« zum Beispiel, das wir einerseits und häufiger im Sinne von Ziel, andererseits im Sinne von Nagel (ich erinnere an Reißzwecke) gebrauchen, heißt nun auch gar nichts anderes als Nagel. Die Bedeutung von Ziel bekam der Zweck dadurch, daß das runde Holz (deshalb nämlich Scheibe), auf das die Bogenschützen schossen, in der Mitte mit einem Nagel (nämlich Zweck) befestigt war und der beste Schuß der war, der nicht steckte, weil er den Nagel auf den Kopf getroffen hatte, also den Zweck (nämlich das Ziel), genau die Mitte der Scheibe (nämlich runde Holzscheibe) erreicht hatte.

Etwas suchen, das es nicht gibt, einen Ort erfinden, SERIDAN, sich einbilden, er liege in der Nähe von Toulon, dann in Toulon nach dem Ort fragen, einen Polizisten, einen Briefträger, den freundlichen Mann im Tabakgeschäft (o Gott, o Venus, o Merkur, Schutzherr der Diebe). Niemand kennt Seridan. »Ça n'existe pas«, und am andern Tag dasselbe in Sanary, auf der Post, Syndicat d'Initiatives, Katasteramt, wiederum Polizei, Briefträger, Tabac – non, j'connais pas – attendez monsieur – Seridan, Seridan, ça me dit quelque chose, der Postbeamte fragt Kollegen, holt Folianten, blättert sie durch, ganz Frankreich, und ich befürchte schon, er werde so etwas finden – der Beamte ist enttäuscht, er hat das Wort bereits im Ohr, es hat ihn gepackt, es wird ihn nicht mehr verlassen – Seridan. »Seridan muß es geben«, sagt er. Zwei Dörfer hinter Sanary nimmt man bereits Anteil an meiner Frage und gibt Ratschläge und weiß einen Mann, der es bestimmt weiß, und Seridan gibt es bereits und alle sind enttäuscht, daß es ihnen entfallen ist: »Kommen Sie zurück, wenn Sie es nicht finden, es wird mir noch einfallen.«

Bereits bilde ich mir ein, den Ort zu kennen, einige Häuser, einige Zypressen, ich sage nichts davon, aber meine Frage nach Seridan wird von Tag zu Tag überzeugender, und die Bauern laden mich ein, die Nacht in ihrem Haus zu verbringen und morgen weiterzusuchen.

In einem Restaurant beim Eintreten fragen: »War Kieninger schon hier?« Das Erstaunen des Wirts übersehen, am nächsten Tag wieder fragen.

»Der mit dem Schnurrbart?«

»Der mit dem Schnurrbart!«

»Der Lange?«

»Der Lange!«

»Ein Österreicher?« »Ja, der Österreicher, Sie kennen ihn also, wo ist er, war er hier, hat er etwas für mich hinterlassen, einen Zettel, eine Meldung – Sie kennen ihn nicht? – Sie meinen, wegen des Namens, doch ja, Kieninger ist ein österreichischer Name.«

Kieninger bedarf immer des Schutzes der Gemeinschaft und ihres Rechts, zunächst aber der Erziehung, die ihn vorbereiten soll zur Übernahme seiner Aufgabe, denn er ist nicht absolut frei, sondern hingewiesen auf die Natur und gebunden an seine eigenen natürlichen Voraussetzungen.

Das sollte man dem Wirt sagen. Ich möchte ihn einmal völlig verdattert sehen, ich möchte sehen, wie ihm die Worte wegbleiben.

Kieninger bedarf immer des Schutzes der Gemeinschaft, das sollte man ihm einmal sagen, das sollte man ihm einmal sagen, das sollte man ihm einmal sagen, das sollte man ihm einmal sagen.

Wenn Kieninger zurück ist, gehn wir beide hin und sagen ihm das einmal.

Denn Kieninger ist zu Späßen aufgelegt.

Endlich ist mir wieder etwas eingefallen. Das soll mir die Sache erleichtern.

Er ist zu Späßen aufgelegt, werde ich sagen. Ich werde nicht sagen: »Er ist lustig«, auch nicht: »Er erzählt Witze«, auch nicht: »Er hat Humor.«

Ich werde nicht sagen: »Kieninger, das Kalb.«

Ich werde hingehen und sagen: »Kieninger ist zu Späßen aufgelegt« und dann: »Er bedarf immer des Schutzes der Gemeinschaft, er ist zu Späßen aufgelegt und hingewiesen auf die Natur.«

Das wird Annemarie viel Freude machen.

Ich habe keine Zeit, ihn zu suchen. Es gibt ihn nicht. Ich will ihn nicht erfinden.

Es gibt ihn nicht, aber er ist da.

Er will einen Körper, eine Haarfarbe, ein Geburtsdatum. Er will einen Beruf, Kleider, Verhaltensweisen, am Morgen zur Arbeit gehen, abends heimkommen, das Haus bewohnen, das Wochenende verbringen, ›Otto e mezzo‹ von Fellini sehen (den Knaben im weißen Kleid, der sich dreht), Konflikte will er und Streit mit den Nachbarn und innere Monologe, Briefe, Erinnerungen, Rückblenden.

Der Trottel glaubt, er lebe.

Ich täusche ihn.

Ich gebe ihm Kulissen, er sieht Landschaften. Ich gebe ihm Kostüme, er glaubt Kleider zu tragen. Ich gebe ihm Rollen.

Ich mag Katzen nicht, seit ich eine einen ganzen Tag lang quälte und sie mir von da an nachlief.

Daß ich eine Nachbarin habe, die in Petersburg geboren ist und von der Revolution durch ganz Rußland getrieben wurde, das macht mir Eindruck, und das wenige, was ihr geblieben ist, ein starker Akzent und der Ausdruck einer alten Italienerin, ist mehr, als ich Kieninger beim besten Willen geben könnte.

Kieninger hat am Bahnhof ein Modejournal gekauft. Das habe ich schon irgendwo geschrieben. Ich schreibe es noch einmal; ich erinnere mich, daß es Kieninger damals gab.

Jetzt ist er weniger als Frank S. Thorn, viel weniger als Kilroy.

Wäre er noch hier, wäre er überhaupt niemand mehr.

6

Wieder Frühling. Erste sonnige Tage nach einem nassen, schlechten Winter, der mit viel Schnee schon im November begann.

Jetzt ist es Frühling. Ich weiß nicht, ob es der zweite oder dritte seit Kieninger ist. Es war Frühling oder Sommer, als er kam, jedenfalls ein sonniger Tag. Und es ist lange her und die Boilergeschichte ist auch lange her, es ist ein neuer da, seit einiger Zeit schon. Der Installateur war mit der Montage einen ganzen Tag beschäftigt. Der Boiler ist wie Boiler gelb gestrichen. Er faßt 75 Liter. Neue verchromte Armaturen.

Durch Unvorsichtigkeit entstand bei der Montage ein Loch in der Gipsdecke. Es ist kaum sichtbar. Der Boiler hängt knapp darunter. Schlimmer ist, daß eine Schraube zu weit in die Wand getrieben wurde und auf der andern Seite ins Zimmer durchstieß.

Mich stört es nicht. Man muß sich daran gewöhnen, das ist alles. Es genügt, wenn mich das Haus überlebt.

Der Boiler ist mit vier Befestigungslaschen versehen. Mit einer Schablone kann die Montage des Boilers vorbereitet werden, d. h. die Schrauben können gesetzt werden und die Leitungen verlegt. Bei größeren Boilern und besonders bei schwachen Wänden (die Wand ist nur 10 cm dick, man muß vorsichtig sein) sind vertikale Stützen zu empfehlen. Auf Wunsch werden diese vom Hersteller des Boilers in Basel mitgeliefert. Beim 150-Liter-Boiler gehören sie zur Normalausrüstung.

Beim 75-Liter-Boiler sind sie nicht gebräuchlich. Aber die Wand ist zu schwach, und die Schraube durchstieß sie. Mir ist es gleichgültig, wir haben wieder warmes Wasser.

Elektrische Boiler finden Verwendung im Haushalt für Koch- und Badezwecke, in Kleinbetrieben, in der Arztpraxis und überall da, wo eine zentrale Heißwasserversorgung nicht besteht.

Der Boiler ist für einen Betriebsdruck von 5 bis 6 Atmosphären berechnet und wird auf 12 Atmosphären geprüft. Der Innenkessel besteht neuerdings aus einer Nickellegierung. (Wir sind in der Lage, Boiler zu liefern, die der Aggressivität des Wassers voll und ganz standhalten.)

Jetzt mußte er noch vom Elektriker angeschlossen werden. Die zwei Drähte, die hinten aus der Wand standen, mußten mit zwei Handgriffen an zwei Stellen befestigt werden. Auch das brauchte seine Zeit.

Dann stellte sich heraus, daß der Heizkörper des Boilers zu schwach war und nicht die vom Elektrizitätswerk vorgeschriebene Maximalaufheizzeit ermöglichte. Der Heizkörper wurde vom Elektriker ausmontiert und eingeschickt, das schwarze Schildchen mit den technischen Angaben ausgewechselt.

Für die Größe des Boilers ist bestimmend, daß neben dem zu erwartenden Wasserbedarf für die Küche noch täglich ein Vollbad bereitsteht.

Da das Wasser dem Speicher mit einer Temperatur von 85 Graden entnommen wird, entspricht die entnommene Menge etwa der dreifachen an Badwasser.

Bei einem Bad von 150 Litern gibt also ein Warmwasserbereiter von 75 Litern nebenher 25 Liter für den Küchenbedarf ab. Für 4 bis 5 Personen rechnet man aber mit einem Warmwasserbedarf in der Küche von 50 Litern, was in unserm Fall einen speziellen Boiler für die Küche bedingt. (Auch der Küchenboiler, Inhalt 50 Liter, ist alt, braucht unmöglich viel Strom und macht's nicht mehr lange.)

(Bei der Lehrabschlußprüfung für Sanitärinstallateure werden Mischwassertemperaturberechnungen verlangt.

Als Beispiel:

Vorhandenes Kaltwasser: +12 Grad

Vorhandenes Warmwasser: +77 Grad

Gewünschte Mischwassermenge: 325 Liter

Gewünschte Temperatur: +36 Grad

Der Prüfling geht so vor, daß er 36 von 77 abzieht und 41 Teile Kaltwasser erhält; dann 12 von 36 abzieht und 24 Teile Warmwasser erhält – im ganzen also 65 Teile. Bei 325 Litern trifft es auf einen Teil [325 : 65] 5 Liter.

41 Teile Kaltwasser [41 mal 5 Liter] ergibt 205 Liter von +12 Grad,

24 Teile Warmwasser [24 mal 5 Liter] ergibt 120 Liter von +77 Grad.

Damit schlägt sich ein Installateur während seiner Lehrzeit herum. Damit schlägt sich ein Gewerbelehrer, der Installateure unterrichtet, ein Leben lang herum. Davon weiß der Nachbar des Installateurs nichts.)

Kieninger hat keine Lehre gemacht. Nicht einmal ein bißchen Ballast hat er.

Abends stürmte es. Die Kinder hatten Angst. Jedes Jahr werden einige Ziegel von unserem Dach gerissen. Doppelfalzziegel sollten nur bei einer minimalen Dachneigung von dreißig Grad verwendet werden. Unser Dach ist zwar wesentlich steiler, aber irgend etwas stimmt trotzdem nicht. Ich nahm mir vor, vor dem Schlafengehen das Dach zu kontrollieren. Nachdem ich dann die Frau vom Parterre und später Studers auf dem Dachboden rumgehen hörte, war ich beruhigt.

Das Loch im Dach über unserm Abteil entdeckten wir erst später. Viel Schaden richtete der Regen nicht an. Es gelang mir auch, die Ziegel wieder einzufügen, das ist sehr einfach, das Problem kommt erst beim letzten Ziegel. Es mißlang mehrmals.

»Ausgelernt hat man nie«, sagte der Installateur, »und eigentlich heißt unser Beruf Sanitärinstallateur.« Daß er eine ungeheure Bedeutung erlangt hat und daß ohne ihn unsere moderne Zivilisation undenkbar wäre, steht in einem Prospekt, der mit folgenden Sätzen endet:

»Sauber geplättelt ist der Raum; nur noch schwer kann man sich vorstellen, welch vielfältiges, kompliziertes Gefäßsystem hinter diesen Wänden verborgen ist. Für den Sanitärinstallateur ist die Montage der Apparate und Armaturen nur ein kleiner Teil, wenn auch ein besonders angenehmer, seiner Arbeit.«

Das gilt für Neubauten. Dort ist es so, daß, nachdem der Installateur die Leitungen verlegt hat (Röhren aus Eisen, Kupfer, Guß, Stahl, Eternit, Blei und Kunststoffen), der Plättchenleger kommt und seine Arbeit macht.

Hier ist es einfacher: Der Installateur pflastert das Rohr zu, ein grauer Streifen vom Hahn schräg zum Boiler, quer durch die weiße (ehemals weiße) Wand – und so bleibt es; warmes Wasser genügt.

Der Installateur ist auch Spengler, Klempner heißt das in Deutschland. Auch er hat ein Fachbuch gekauft. Gelesen hat er es nicht.

»Der praktische Klempner« von Dr. Otto Kallenberg, Verlag von Ernst Heinrich Moritz in Stuttgart, Vorwort zur vierten Auflage, Karlsruhe, im Mai des Jahres 1920:

»Arbeiten und nicht verzweifeln«, das ist die Losung für uns Deutsche beim Zusammenbruch nach einem verlorenen Krieg. Aber wie soll gearbeitet werden? Das ist die Hauptfrage. Rationell, lautet die Antwort. D. h. mit möglichst geringem Verbrauch an Material, Zeit und Kraft doch etwas Gutes, Zweckentsprechendes schaffen. Dies rationelle, d. i. auf rechter Überlegung beruhende, also planvolle oder systematische Arbeiten ist schon lange das klare Ziel für die Industrie mit ihrem Stab von gut geschulten geistigen Mitarbeitern, zum Teil auch fürs Handwerk. Es muß aber weit mehr noch hier Eingang finden, ganz einfach noch mit vollem Bewußtsein zur Anwendung gelangen. Es muß überhaupt weit mehr noch Allgemeingut werden für

Lehrlinge, Gesellen und Meister im Handwerk, für alle Arbeiter, gelernte und ungelernte in der Fabrik. »Jeder Schlag muß sitzen.« »Kein Handgriff darf vergebens getan werden.« So heißt's schon von jedem tüchtigen Arbeiter. Der Kopf leitet die Hand. Vor der Tat steht der Gedanke (wie wir es in erschreckender Weise an den entsetzlichen Wirren und Umsturzbestrebungen der Jetztzeit wahrnehmen).

Das hat der Spengler nicht gelesen, niemand hat das gelesen. 1923 erschien das Buch in fünfter Auflage. Vier Jahre später wurde mit solchen Büchern unser tomatenfarbiges Haus gebaut. Es steht, bald vierzig Jahre, und seit jeder Stock sein Radio hat, seit Töne in den Wohnungen sind, spielt all das keine Rolle mehr. Im Parterre hat man Fernsehen, im zweiten Stock auch, und an den Wänden hängen Bilder und über die Tische Tischtücher, farbige und weiße, solche mit Spitzen und solche ohne, sonntags neue. Auf den Buffets stehn Vasen.

Die Leute finden künstliche Blumen scheußlich.

In den Schlafzimmern stehn die Betten.

Erwähnt werden muß, daß das Haus keine Zentralheizung hat, daß an Stelle der geplanten Mansardenzimmer der ganze Dachstock ausgebaut wurde. Es ist ein Vierfamilienhaus geworden. Es fällt mir nicht ein, die Mauerdicke nachzumessen, bestimmt beträgt auch sie nicht dreißig Zentimeter.

Wieder blauer Himmel, himmelblau. Wieder weiße Wolken. Wieder der Berg im Dunst und weit weg. Wieder die Sonne und die Pappel (eine andere, nicht die Silberpappel, die ist weg). An Frühling erinnert man sich. Der ist jedes Jahr so. Jedes Jahr gibt es richtige Frühlingstage. In einem schlechten Frühling wenige, in einem guten viele. Frühlingstage sind die Tage, die einen an andere Frühlingstage erinnern. Mit Sommertagen ist das ähnlich.

Frühlingstage erinnern an Schulsäcke. Matthias geht zur Schule, das dritte Jahr schon. Christa geht in die vierte Klasse. Das sind die Kinder, die hier wohnen; im dritten Stock. Jetzt klopfen die Nachbarn Matratzen. Und jetzt auch die Sache mit den Vorfenstern wieder. Vor vier Tagen mußten wir noch heizen; heute ist es warm.

Jetzt sollte man wohl die Vorfenster abnehmen, auf den Dachboden tragen, mit weißen Tüchern zudecken.

Jetzt beginnt es wieder.

Und jetzt dieselbe Sache mit dem Küchenboiler. Der ist so alt wie der andere.

Die eine Platte des Kochherds ist kaputt. Jetzt kochen wir auf zwei Platten. Wir haben jetzt auch einen Infrarotgrill. Darin drehen sich Hühner.

Jetzt kann die Sache mit Kieninger wieder beginnen.

Jetzt steht er wieder im Gang des Zuges, raucht, denkt an Carole, an Tarragona, reist nach Wien, entscheidet sich, dort nicht anzukommen; entscheidet sich für diese Stadt, dann für diesen Vorort, dann für dieses Haus und für dieses Zimmer, das ich beschreiben will, auch wenn es mich nicht interessiert, also irgendwo beginnen. Der spanische Wasserkrug –

der Elefantenzahn, die Eisenbahnermütze, der Fleck

und das Bild, der Teddybär, die Zeitungen, die Briefe, das kleine Schreibpult, der große Kasten, der kleine Kasten, die Zigaretten, die Streichhölzer, Staub, Strohblumen, Bilder, andere Bilder, Bücher

und jetzt wieder Kieninger, der ankommt, ein Zimmer mieten will.

Bald wird man baden können. Das war auch schon so; schon letztes Jahr, schon vorletztes Jahr; all die Jahre konnte man bald baden und dann an der Sonne liegen, braun werden, wandern, die Namen der Blumen wissen.

Auch das Auto waschen, abledern, einwachsen, polieren. Jetzt Brücken einweihen, Banken eröffnen, eine Stelle für Kieninger suchen, eine Bauzeichnerstelle.

Ich erhalte ihn mühsam am Leben.

Ich päpple ihn auf. Wenn er noch hochkommt, suche ich ihm eine Stelle, dann soll er monatlich sein Gehalt bekommen und seinen täglichen Gang haben.

Wenige Hoffnungen mehr.

Der Arzt sagt, er sehe schwarz. Er sagt, man dürfe sich keine großen Hoffnungen machen. Er sagt, die Chancen seien klein. Er sagt, es bestände noch eine kleine Hoffnung.

Aber sagen Ärzte überhaupt solche Dinge?

Jedenfalls, Kieninger ist krank. Wir mußten den Arzt zuziehen. Die Sache mit den Mandeln, an den Mandeln beginnt's. Kieninger ist bleich, er antwortet leise, er übertreibt, er simuliert, er spielt Sterben.

Jetzt hat er aber Fieber.

Alles nicht halb so schlimm, sagt der Arzt. Penicillin, sage ich. Etwas Ähnliches, sagt der Arzt. Streptomycin, sage ich. So etwas, sagt der Arzt. Antibiotika, sage ich.

Man kann sich das angewöhnen, diesen Gang mit hängenden Armen; man kann sich angewöhnen, zu gehen, ohne die Arme zu schwingen. Man dreht die Handflächen ein wenig nach außen und beherrscht sich.

So geht Kieninger. Wenn man ihn nachahmt, lernt man ihn kennen.

Dieser Gang mit hängenden Armen auf Hüfthöhe, unmerklich angewinkelt (Colthöhe) gibt Selbstvertrauen, Einsamkeit.

Man kann sich das angewöhnen und man kann sich das wieder abgewöhnen, wenn man es nicht mehr absichtlich tut, vergißt man es schnell. Und dann erinnert man sich wieder und versucht es wieder für einige Schritte.

Er ist nicht selbstverständlich, dieser Gang mit leicht angewinkelten und im übrigen hängenden Armen.

Kieninger trägt die Arme auf Hüfthöhe und dreht sie leicht nach außen, Handflächen nach vorn, Daumen geöffnet, Finger leicht angewinkelt. Er zieht die Schultern etwas zurück und blickt aus seinen Augen, blickt aus sich heraus, sagt nichts, sieht sich im Schaufenster.

Whisky ist ein populäres Getränk und Whiskyflaschen sind handlich.

Ich weiß, wie man Frauen ausmißt.

Das beginnt mit der Halsweite, rund um den Hals gemessen, Kragenweite nennt man das beim Mann. Die Schneiderin markiert mit dem Daumennagel der linken Hand die Zentimeterzahl auf dem Band und trägt die Zahl mit der rechten auf ein Blatt. Die Oberweite, die Hüftweite und die Gürtelweite sind die Maße einer Frau.

Der Abstand von der Taille bis zum Armansatz heißt Seitenhöhe.

Annemarie möchte ein neues Kleid.

Die vordere Gürteltiefe ist der Abstand von der Achsel bis zur Taille über die Brust gemessen, die hintere Gürteltiefe über den Rücken gemessen.

Die Brusttiefe ist die Strecke von der Achsel bis zur Brustspitze.

Rückenbreite
Achselbreite
Armhöhe
Rocklänge
Armlänge.

Von Carole spricht niemand mehr. Bestimmt lebt sie irgendwo in England, und wenn sie an Kieninger denkt, dann denkt sie an Wien, dort ist er nicht, und ihre Gedanken können ihn nicht erreichen.

Annemarie ist vielleicht tot.

Das darf ich Kieninger nicht sagen.

Studer sitzt vor dem Haus, an der Stelle, wo der Garten war. Er trägt eine grüne Schürze. So eine, wie ich sie mir als Kind gewünscht habe, eine, die hinten mit einer gelben Kette geschlossen wird. Studer scharrt mit einer Hacke das Unkraut weg, das am Rand des Asphalts wächst. Er arbeitet langsam und setzt sich zwischendurch und sorgt dafür, daß ab und zu seine Brissago ausgeht und zündet sie dann, nach einiger Zeit, wieder an. Jetzt hat er die Rhabarber ausgegraben. Er hat ein tiefes Loch ausgehoben. Rhabarber sind hartnäckig. Studer beobachtet die Betonplatten, die auf der Stelle liegen, die Rhabarber haben es bestimmt überstanden.

Den Küchenboiler haben sie geholt. Sie haben ihn mitsamt dem Wasser weggetragen. Er ließ sich nicht mehr entleeren, der Kalk verschloß alle Ausläufe, und ihn zu öffnen und zu zerlegen, das hat keinen Sinn mehr.

Auch den will der Hausmeister nach Bern bringen.

Der Installateur lacht über das Alter des Boilers und über den Quecksilberthermostat.

Der funktioniert so: Ein Röhrchen ist mit Quecksilber gefüllt, durch die Wärme des Boilerwassers dehnt sich das Quecksilber aus, und das Röhrchen kippt und schaltet den Boiler aus. Kühlt der Boiler wieder ab, zieht sich das Quecksilber zusammen, und das Röhrchen kippt in die alte Lage zurück.

Mein Großvater hatte in seiner Stube einen langhalsigen Vogel, der kippte von Zeit zu Zeit und netzte seinen Schnabel in einem Glas Wasser, dann richtete er sich schnell wieder auf, und langsam bekam er wieder das Übergewicht und netzte wieder seinen Schnabel.

Der Großvater erklärte mir alles: Im Vogel drin, in seinem langen Hals, gibt es Quecksilber; das dehnt sich in der Zimmerwärme aus, der Vogel bekommt das Übergewicht, taucht seinen Schnabel ins kalte Wasser, das Quecksilber kühlt sich ab und zieht sich zusammen, der Vogel kippt zurück. Ich dachte, mein Großvater habe den Vogel erfunden. Ich war sehr stolz auf ihn.

Und als Kieninger einen solchen Vogel mitbrachte, da habe ich ihm erklärt, wie er funktioniert. Und als er mich fragte, woher ich das wisse, sagte ich: »Mein Großvater hat den Vogel erfunden.«

Auch von seinen Spaziergängen brachte er Dinge nach Hause, doch fand er sie nie zufällig und sah sich nicht gezwungen, sie mitzunehmen. Viel eher bemühte er sich, etwas zu finden, Dinge, von denen er sagte, sie seien schön: schöne Wurzeln, ein schöner Stein, eine schöne Glasscherbe.

Er bemühte sich um Freude am Grünen.

Im Wald östlich des Verenenbaches liegen erratische Blöcke, größere Granitblöcke, in die eine kleine Messingtafel eingelassen ist, auf der »Erratischer Block« steht. Die Täfelchen sind zerkratzt. Die Pfadfinder werfen Steine nach ihnen, benutzen sie als Zielscheiben.

Der Jura ist aus Kalk. Die Gletscher haben vor Zeiten die Granitblöcke aus den Alpen hieher geschleppt, oder eher getragen, oder einfach liegen lassen, als die Eiszeit vorbei war.

Väter bringen ihren Kindern anhand dieser Steine Ehrfurcht vor der Zeit bei. Findlinge nennt man sie.

Kieninger geht an ihnen vorbei und liest jedes Mal das Messingschild und nickt und freut sich dann, einen nächsten als Erratischen Block identifizieren zu können, bevor er das Schild (Messing, zerkratzt) sieht.

Nagelfluh gibt es hier nicht, aber auch das ist eine Gesteinsart, die Wanderer kennen. Weil sie sich erinnern, wie ihr Vater zu ihnen vor dreißig Jahren sagte: »Das ist Nagelfluh«, sagen sie zu ihren Kindern: »Das ist Nagelfluh.« Auch Sandstein ist leicht zu erkennen, und es gibt Wanderer, die Vogelstimmen unterscheiden können. Deshalb sagt sich Kieninger – wenn er durch den Wald geht, an den Erratischen Blöcken vorbei – »Das ist ein Pirol, das ist eine Lerche.«

Und in Scharen kommen sie zurück, Sonntag abend, gegen sechs oder sieben. Sie tragen kurze Hosen, sie tragen zufriedene Gesichter, tragen Rucksäcke und Blumen und ihre müden Kinder. Alles, was sie haben, tragen sie. Ich mag sie nicht. Sie schauen mich so an, wie sie Leute anschauen, die nichts tragen. Sie finden es gut und sind verantwortlich dafür, daß an Erratischen Blöcken Schilder mit der Inschrift »Erratischer Block« angebracht werden. Sie werden alle viel länger leben als ich.

Kieninger weggehen zu lassen, Kieninger ankommen zu lassen, Kieninger krank werden zu lassen, das genügt nicht, führt zu nichts.

Eine Geschichte zu erzählen, eine Geschichte erfinden, eine Geschichte übernehmen.

Eine wahre Geschichte: Die Frau des Hausherrn nimmt ein Bad, im Zimmer sitzt der Hausherr mit einem Freund, sie trinken etwas, Bier vielleicht. Nach einiger Zeit behauptet der Freund, dringend zu müssen, und der großzügige Hausherr weist den Freund ins Badezimmer und wartet, und der Freund kehrt nicht zurück, und die Sache endet mit einer Schlägerei, mit Treppenstürzen, mit einer Scheidung später. Und es kommen auch andere Sachen an den Tag.

Mir hat die Geschichte gefallen, ich habe sie mir erzählen lassen, und ich kenne die Personen: eine Dänin, ein Fotograf, ein Angestellter einer Fluggesellschaft.

Eine Geschichte zum Verweilen, zum so Erzählen:

Ein Zug kommt an, rattert, pustet, quietscht, knarrt. Währenddem steht einer da und denkt nach (Rückblende), und der Freund sitzt im Zug und sieht ein Mädchen mit hellem Haar und denkt nach (und Rückblende), und jeder erzählt seine Geschichte, und der eine (der Wartende) hat sie später wieder getroffen, und der andere lebt jetzt in Puerto Rico, und nun treffen sie sich.

Die Geschichte endet nicht dramatisch, sondern traurig; einer kehrt nach Puerto Rico oder Tarragona zurück, der andere bleibt, und die Frau...

und die Frau...

Die Geschichte gibt nichts her.

Es lohnt sich nicht, sie Kieninger anzuhängen; solange Kieninger keine Person ist, ist die Geschichte keine Geschichte, und solange Kieninger keine Geschichte hat, ist er keine Person.

Das hat er selbst erzählt: Er hat selbst erzählt, daß es ihn freut, ganz ungeheuer freut, wenn einer Frau die Einkaufstasche zu Boden fällt, daß er laut lachen muß, wenn die Orangen über die Straße rollen, und daß er zerbrochene Ölflaschen liebt. Daß er das alles lustig findet.

In Tarragona aber sah er einmal dasselbe, und erst viel später – kürzlich, sagt er, also muß es hier gewesen sein – fällt ihm auf, daß er in Tarragona nicht gelacht hat, daß er auch nachträglich nicht darüber lachen kann.

Ich mag Geschichten. Wenn ich tagsüber schlafen gehe, dann nur deshalb, weil ich tagsüber träume.

Balzacs Vater legte sich ohne jeden Grund ins Bett und stand erst nach zwanzig Jahren wieder auf. (Benn)

Das ist eine Geschichte, dieser eine Satz.

Der liegt nun wirklich eine kurze Zeile und zwanzig Jahre lang im Bett, der tut nichts anderes – viel weniger als Oblomow.

Ich bringe den Namen Marianne ins Gespräch. Jetzt ist die Gelegenheit. Marianne liebt Oblomow, so wie Annemarie den Palmweintrinker, und als ich oder Kieninger Marianne zum ersten Mal sah, dachte ich oder er an Annemarie.

Obwohl sie verschieden sind.

Marianne etwas größer, Annemarie etwas verlorener, Annemarie etwas trotziger in der Freude und Marianne etwas trotziger in der Trauer, und beide haben – Annemarie bestimmt und Marianne ziemlich sicher – dunkle Augen, beide haben ein Buch, Annemarie den Tutuola, Marianne den Gontscharow. Marianne und Annemarie sind zwei ganz verschiedene Namen durch die Umkehrung.

Marianne und Annemarie sind zwei fast verschiedene Mädchen. Und dann sagte Kieninger einmal – um fünf, nach der Arbeit, beim Bier: »Die dort, die erinnert mich nicht an Annemarie.«

Vielleicht hilft mir jetzt ein Personenverzeichnis weiter. Marianne wird eingeordnet in die Gruppe Elfriede, Carole und Annemarie. Im weitern treten bis jetzt folgende Personen auf:

Jemand, der sagte: »In diesem Haus könnte ich nicht wohnen.«
der Hausbesitzer (Hausmeister)
ein Installateur
die Nachbarn
Kieninger
eine Zigeunerin
ein kleines Mädchen, seine sieben Brüder

mein sechsjähriger Sohn
derselbe drei Jahre später (Matthias)
der Briefträger
Elfriedes Freunde in Zürich
ein Franzose im Zug zwischen Lyon und Genf
ein Kondukteur
ein Bahnhofsvorstand
ein Handwerker, die Drescher, ein Küfer
ein Bauherr, ein Architekt, ein Polier, ein Zimmermann
Herr Glauser
ein Maler, sein Lehrling
Piloten
Kaiser Augustus
ein Gärtner
ein Arzt
ein Zuhälter
zwei unbekannte Herren
der Sprecher von Paris Inter
ein Trompeter
ein Drogist
die Frau im Parterre
Mr. Kilroy
Marilyn Monroe, Filmschauspielerin
Baumgarth
Studer
Frau Bertha Studer
ein Verkäufer
zwei sonntägliche Gesprächspartner von Studer
ein Mädchen im Garten des Nachbars
ein Fräulein, das über die Brücke geht

ein Pfarrer
die Tochter des Verstorbenen
Rolf
Stefan
ein Betrunkener, ein weiterer Gärtner
August Zemp, Herr Gerber in Saignelégier,
der Onkel in Leuzigen, der alte Mauderli
der Mann, der die Stromzähler abliest
ein Fräulein mit Lederrock
Studers Kinder und Kindeskinder zu Weihnachten
ein kleiner weißer Mann
ein Zahnarzt
die Behörden von Villanueva y Geltru
einer in Lederjacke, der mit einem in Lederjacke spricht
die neuen Mieter, die Möbelträger
die Männer von der Kommission
Artmann
eine Frau, die im dunklen Treppenhaus stürzt
Emil
ein schönes Mädchen mit Goldspange im Haar
Josef Wenzel
Françoise Barbier
Graf René
Touristen auf dem Soldatenfriedhof vom Hartmannsweilerkopf
immer wieder Kieninger
Herr und Frau Birkenfelder
ein Kollege der Monroe
ein Mädchen
der freundliche Mann im Tabakgeschäft, ein Postbeamter, Bauern

ein Wirt
ein Gewerbelehrer
ein Dr. Otto Kallenberg
Christa
eine Schneiderin
eine Dänin, ein Fotograf, ein Angestellter einer Fluggesellschaft und jetzt neu: Marianne, Mariannemarie, Annemarianne.

und Gebäude, die versetzt worden sind
und Gebäude, deren Wert durch bauliche Veränderung oder Installation wesentlich vermehrt oder vermindert worden ist
Gebäude, bei denen Veränderungen eingetreten sind
Gebäude, deren Zustands- oder Verkehrswert wesentlich zurückgegangen ist
Gebäude, die zum Abbruch bestimmt sind.

Ein tomatenfarbiges Haus also. Eine Tür, die um 10 geschlossen wird. Eine Treppe, die wöchentlich einmal gereinigt wird.

Bereits war einer von der Polizei hier, nicht in Uniform, aber er trug das grüne Hemd und die schwarze Krawatte, und er fragte nach einem Ausländer.

Er fragte erst im Parterre, im ersten und dann im zweiten Stock, und niemand wußte von einer Person, die regelmäßig hier ein und aus geht. Erst wollte ich seine Frage bejahen. Dann dachte ich daran, dem Polizisten zu erklären, daß vor Monaten für kurze Zeit einer hiergewesen sei, daß er plötzlich weggegangen sei, daß er mir noch Miete schulde. Dann fürchtete ich mich und sagte: »Nein.«

Er grüßte freundlich und wandte sich zur Treppe. Ich hielt ihn mit einer Frage auf. »Um was handelt es sich denn«, sagte ich.

Dann sagte ich noch einmal: »Nein«, zögerte ein wenig dabei, und jetzt blieb er und stellte weitere Fragen und sagte auch: »Es ist Ihnen doch bekannt, daß Sie als Untervermieter verpflichtet sind, dafür zu sorgen, daß Ihre Mieter sich polizeilich melden.«

»Es ist mir nicht bekannt und ich habe keine Mieter, hatte nie welche, die Wohnung ist auch viel zu klein.«

(Die Kinder werden größer, und dann braucht jedes ein eigenes Zimmer.)

»Es kommt vor, daß wir Gäste haben«, sagte ich, »für zwei, drei Tage oder so.«

Er stellte jetzt keine Fragen mehr, aber er blieb stehen.

»Es kommt vor«, sagte ich, »daß ein Gast weggeht und kurz darauf, einige Tage später, wiederkommt.«

»Kommt es vor«, sagte er, »daß gewisse Gäste in regelmäßigen und kurzen Abständen kommen?«

»Das kommt nicht vor«, sagte ich.

»Das kommt also nicht vor«, sagte er.

Er war längst weg. Ich verneinte, und er ging. Erst als ich hörte, daß er unten die Tür hinter sich zuzog, dachte ich daran, daß ich ihn hätte aufhalten können, mit einer Bemerkung zum Wetter oder mit einem freundlichen Hinweis darauf, daß wir keinen Lift haben, und einer Entschuldigung. Ich hätte den Unsichern gespielt und ein wenig gezögert mit meinen Antworten und dann von meinen Kindern erzählt: »Die Wohnung ist zu klein, die Kinder werden größer, und bald braucht jedes ein eigenes Zimmer. Auf die Dauer können sie nicht im selben Zimmer schlafen. Man hat doch auch viele Umtriebe mit Zimmerherren, oft Ärger. Übrigens sollen Fräuleins noch unangenehmer sein. Das hört man oft.«

Ich hätte Kieninger bis aufs letzte verteidigt. Ich hätte alles abgestritten. Er hätte mir nichts beweisen können, Kieninger war weg.

Ich hätte mit Absicht die Gelegenheit verpaßt, ihn loszuwerden.

Das kommt nicht gut, Kieninger. Du mußt weg. Du hast keine Aufenthaltsbewilligung, keine Stelle, keinen Beruf, nicht einmal Pläne kopieren kannst du. Die Fremdenpolizei ist streng. Reis weg, laß mich in Ruhe, aus dir wird nichts.

Ich weiß, du wirst abreisen.

Damit, daß Kieninger nach Wien reist, wird die Sache enden. Wenn du jetzt gehst, haben wir es hinter uns.

7

Damit ist die Sache erledigt; mehr weiß ich nicht über Kieninger, mehr weiß ich nicht über Häuser; die Fachbücher beginnen mich zu langweilen. Zudem ein unangenehmer Sommer, der müde macht; eine leichte Erkältung auch. Ich kann ihn nicht mehr ausstehen, er langweilt mich, er ödet mich an, ich schmeiße ihn raus.

Dann streiche ich das Zimmer neu, wasche die Decke runter, mit lauwarmem Wasser und einem Schwamm, gründlich bis auf den Gips. Dazu falte ich mir eine Zeitungspapiermütze und setze sie auf, sie wird naß werden und zerfallen; ich falte mir eine zweite, auch die wird zerfallen, und dann lasse ich's sein und wasche mir später die Haare. Ich ziehe ein altes Hemd an und alte Hosen. Ich werde wieder vergessen, die Schuhe zu wechseln.

Mit einer Schaffellrolle trage ich Blanc fixe auf. Den kauft man in Säcken wie Gips und rührt ihn im Verhältnis eins zu eins mit sehr heißem Wasser an. Er soll einige Stunden ziehen und ganz abkalten; deshalb stelle ich den Kessel in ein Wasserbad. Der Blanc fixe muß dann wie Pudding aussehn und darf nicht mehr verdünnt werden, er wird nur noch aufgerührt und ist streichfertig.

Das Zimmer ist ausgeräumt, die Möbel stehn im Gang, man kann sich nirgends mehr setzen.

Auch die Wände werden gerollt. Mit Dispersion. Die kauft man streichfertig in großen Kesseln. Schneeweiße

Dispersion. Aber auch hier wasche ich erst die Tapeten, spachtle sämtliche Löcher aus, streiche mit einem Radiatorenpinsel sämtliche Ecken und Ränder; und erster Anstrich und zweiter Anstrich. Dann rauche ich eine Zigarette.

Ich bot ihm einmal eine an, und er lehnte ab.

»Sie sind nicht stark.«

»Ich bin Nichtraucher.«

Das Wort steht auf den Eisenbahnwagen. Auf der einen Seite steht »Nichtraucher«, auf der andern Seite steht »Raucher«. (Nach dem Krieg wurden die Personenwagen, die in die Schweiz einfuhren, und ganz besonders die italienischen, desinfiziert.)

Nach den Eisenbahnwagen zu schließen, raucht die Hälfte der Menschheit; die andere Hälfte verbringt ihr Leben damit, daß sie nicht raucht.

»Ich bin Nichtraucher«, sagte er, und ich ärgerte mich darüber, daß es mir nicht schon längst aufgefallen war. Genau das ist es; ein Zimmer ohne Aschenbecher und ein Mensch, der sich nicht vor Bränden fürchtet.

Aber auch Kieninger vergesse ich, eigentlich nichts mehr erinnert an ihn. Als wir von den Ferien zurückkamen, fanden wir einen Zettel unter der Tür, darauf zwei Wörter »Gruß Kieninger«.

Das also ist seine Schrift. Ich würde sie wiedererkennen. Die letzte Nachricht von Kieninger vielleicht – später den Zettel zufällig finden und sagen »das ist von ihm übriggeblieben«.

Irgendwann muß ja jemand auftauchen, der Kieninger auch kannte. Wir werden uns traurige Geschichten erzählen: »Armer alter Kieninger, Du bist einer der Größten. Das weißt Du ganz genau – wenn Du auch in diesen Tagen Deine größte Niederlage erlitten hast. Du bist ausgebootet. Du hast es geahnt. Und trotzdem bist Du jetzt mit den Nerven fertig. Gib es ruhig zu. Du hast mit Deinen goldenen Beinen Geld gemacht. Jetzt bleibt Dir nur noch der Abstieg; Du weißt, daß es der Abstieg ist. Der Fußball ist eine knallharte Ware. Du hast sie glanzvoll verkauft. Wir vergessen Dich nicht. Aber nun mach Schluß. Tritt ab wie ein König. Mach's gut.«

Dazu ein Bild, das aussagt, daß Fußballer im Zivil traurige Menschen sind und vor sich hin starren; daß sie eine Frau haben, die immer noch zu ihnen steht, daß sie gutsitzende Jacketts tragen, weiße Hemden und weiche, oft seidene Krawatten.

(Kürzlich bekannte sich ein Fußballer zur klassischen Musik und Gott, und daß Kieninger Johann Sebastian Bach liebt, das kann ich beschwören, und überhaupt ist es untersuchenswert, wie weit man mit dem Satz kommt: »Bach war ein Stümper.«)

Wohin ich auch komme, überall gibt es einen, der Kieninger kennt. Wenn das Wort Wien fällt, fällt auch sein Name. Die Geschichten über ihn sind alt.

Ich mache mir Freunde damit, daß ich sage, er sei bei mir gewesen, einige Tage, einige Wochen, monatelang.

»Er war sehr krank«, sage ich, »lang macht's der nicht mehr.« Ich erzähle auch, daß er sich jetzt nicht mehr von Monat zu Monat verändere, sondern wöchentlich, täglich, oft stündlich; eigentlich jedes Mal, wenn er in einen Spiegel schaue, oder auch nur an einem Spiegel vorbeigehe. Er schaue in den Spiegel und setze ein Gesicht auf und trage es dann unverändert bis zum nächsten Spiegel. Er trage jetzt auch das Haar etwas länger, aber immer noch so, daß man sich keine Frisur einprägen könne. Wo er jetzt sei, wisse ich nicht, aber in Wien bestimmt nicht, denn das müßte man ja erfahren. Im übrigen sei es schwer, ihn zu erkennen, seine Auswahl an Gesichtern sei groß, und nur sein Begrüßungsgesicht, das er trägt, wenn er auf einen zukommt und die Hand ausstreckt, sei immer dasselbe. Doch wisse man nicht, ob er einen jedes Mal grüße, und man sei deshalb nicht sicher, ob man nicht oft an ihm vorbeigehe. Und der andere sagt, vor zehn Jahren sei er halt zehn Jahre jünger gewesen und habe sich nochmals zehn Jahre jünger gefühlt.

Wohin ich auch komme.

Mit Kieninger beschäftigt man sich. Man macht sich Freunde damit, sein Freund zu sein. Man erzählt sich Geschichten:

Es war einmal ein Wiener, der verbrachte seine Ferien in Tarragona. Er lebte in einer kleinen Pension an der Stadtmauer über dem Meer und bezahlte 120 Peseten im Tag für die Vollpension. Zum Essen trank er Vino tinto. Als ersten Gang gab es Salat, darauf träufelte man roten Weinessig und Olivenöl. Essig und Öl standen auf dem Tisch in einem Fläschchen mit zwei Hälsen, der eine auf die eine, der andere auf die andere Seite abgebogen. Die Löcher des Salzfasses waren stets verstopft. Das Essen im übrigen war gut und reichlich.

Das Zimmer war groß und hatte auch einen kleinen Balkon, wenn er sich ein wenig vorbeugte, sah er rechts das Hotel Tarraco und immer vor sich das Meer. Daraus stieg morgens die Sonne, und abends saß er auf der Rambla und trank Cubalibre. Morgens ging er baden, unten beim kleinen Amphitheater, und einmal nachmittags, als es regnete, ins Museo arqueológico. Da prägte er sich eine kleine Gliederpuppe aus Elfenbein ein.

Das Essen trug der Sohn des Wirtes auf, der war sehr anständig, nett, etwas schüchtern und dicklich und sprach soviel Französisch wie er.

Mittags und abends aß in der Pension eine spanische Familie, gehobener Mittelstand, ein Vater, eine Mutter, ein Sohn, eine Tochter. Die kamen einzeln an und sagten »Bonas«. Sie waren geübt im Zerlegen von Meertieren.

In seiner Ecke am Strand gab es eine französische Familie und einen Deutschen, des Französischen mächtig. Die Tochter war knochig und lang, aber hübsch, der Deutsche offensichtlich manierlich.

Auf der andern Seite der Stadt, auf dem Paseo arqueológico, der Stadtbefestigung, ibero-römische Zyklopenmauer, stand Augustus. Auf Tafeln war alles erklärt.

Und sonntags auf der Rambla spielte die Musik, und die Spanier tanzten den Tanz, zwei Schritte nach links, zwei Schritte nach rechts, ein Schritt nach vorn und ein Hopser. Sie bildeten einen großen Kreis und hielten sich an den Händen. Kam ein Mädchen dazu, ging es erst in den Kreis und legte sein Täschchen und sein Jäckchen zu den andern Täschchen.

Die Musikanten saßen auf einem kleinen Podium, der Chef spielte eine kleine Flöte oder Schalmei mit der einen Hand und schlug mit der andern eine kleine Trommel, die am Arm der flötenspielenden Hand befestigt war.

Als dann sein Urlaub zu Ende war, reiste er wieder weg. So entschied ich mich für einen Wiener und gab ihm den Namen Kieninger, gab ihm zum Beispiel schwarze Haare und stellte ihm meinen Paß zur Verfügung.

In meinem Paß ist ein spanisches Visum, das brauchte man damals noch. Ein Jahr später war ich in Wien und sah eine Aufführung des Torquato Tasso mit Balser in der Rolle des Antonio.

Ich lasse Kieninger in Tarragona gewesen sein und lasse ihn zurückreisen nach Wien.

Weil ich mich hier besser auskenne, brauche ich einen Grund, ihn nach hier kommen zu lassen. Er soll seine Rückreise hier unterbrechen, in der Mitte zwischen Tarragona und Wien, in diesem Haus.

Er hat also unten am Meer beim kleinen Amphitheater — — das ist bekannt und spielt inzwischen auch kaum mehr eine Rolle. Und er hat eine Elfriede in Wien; deshalb auch zögert er zurückzukehren.

Auf ihre Briefe schreibe ich: »Adressat mit unbekanntem Ziele abgereist«, und lasse sie zurückgehen, obwohl ich weiß, daß er zurückkommen wird. Er besitzt noch den Schlüssel, wird die Tür öffnen und die Treppe hochsteigen, die den Verkehr zwischen den verschiedenen Geschoßhöhen des Gebäudes vermittelt.

Die Treppen bestehn aus aufeinanderfolgenden Stufen, die untereinander und mit den Mauern in geeigneter Weise verbunden sind. Sie haben sich aus natürlichen Stufenbildungen durch Steinplatten, zum Teil auch aus den Leitern entwickelt. Diese bestehen aus zwei seitlichen Holmen, auch Leiterbäume genannt, und den Sprossen. Den Übergang zu den Treppen bilden die Trittleitern, bei denen die Sprossen durch schmale, in die Seitenwangen eingelassene und verzapfte Brettstreifen ersetzt sind. Wird der schmale Brettstreifen durch einen breiteren ersetzt, so daß die ganze Länge des Fußes darauf ruhen kann, erhält man die Leitertreppe. Oft haben diese bereits ein einfaches Geländer. Werden nun noch die Zwischenräume zwischen den Stufen geschlossen, erhält man die eigentliche Treppe. Sie erfordert als Material nun nicht mehr unbedingt Holz oder Metall.

Man unterscheidet Freitreppen und Haustreppen und teilt die zweiten in sechs Gruppen ein:

Haupttreppen
Nebentreppen
Dienst- oder Lauftreppen
Geheimtreppen (auf denen man unbemerkt aus dem einen Geschoß ins andere gelangen kann)
Kellertreppen
Boden- und Speichertreppen

In unserem Falle haben wir es mit einer Haupttreppe zu tun. Es ist eine mehrarmige, je um 180 Grad gebrochene Kunststeintreppe.

Sie wird jede Woche gefegt.

Man erkennt die Schritte der einzelnen Bewohner auf ihr, erkennt, ob einer allein auf der Treppe geht, oder zwei oder mehrere; erkennt auch, ob sie hinauf- oder hinuntergehen.

Abends erkennen die Gehenden das Gesicht der Frau im Parterre hinter dem Vorhang hinter dem Milchglas ihrer Tür.

Sie könnte ihn beschreiben. Sie merkt sich, wie er gekleidet ist, wie er sein Haar trägt. Für sie hat er auch stets dasselbe Gesicht.

Haupttreppen vermitteln den Hauptverkehr in einem Gebäude.

Ich war überrascht, als ich entdeckte, daß die Eisensprossen des Geländers hellblau gestrichen sind. Ich sah das nach Jahren zum ersten Mal, und nun sind sie täglich hellblau. Das Blau, einmal entdeckt, drängt sich nun auf. Ich hätte mich jahrelang dafür verbürgt, daß die Sprossen schwarz sind, schwarz lackiert. Sie sind aber von einem matten Hellblau. Das verändert alles.

Der Stromableser kommt nicht mehr. Endlich hat man die Leitung vom Dach genommen und unterirdisch verlegt. Nach und nach macht man das bei allen Häusern.

Die Stromzähler sind jetzt unten im Keller, und der alte Mann steigt mit Buch und Stablampe hinunter, braucht keinen Schlüssel, braucht nicht zu läuten, nicht zu grüßen, braucht sich nicht für die Störung zu entschuldigen.

Eine alte Nachbarin ist gestorben, wir haben gemeinsam einen Kranz gekauft. Das machen wir immer, wenn ein Nachbar stirbt.

Der Pfarrer sprach von Hiob.

Bei der Abdankung waren die Namen ihrer Eltern, das Geburtsdatum, der Ort ihrer Konfirmation, das Datum ihrer Heirat, die Zahl ihrer Kinder und Enkel zu vernehmen.

Daß sie's schwer hatte und daß sie dankbar war.

Studer wird immer mehr Studer, wenn er trinkt. Aber er betrinkt sich nicht, und wenn er fünf Franken braucht, nennt er es einen teuren Abend. Er trinkt Weißwein, einen Dreier Twanner vom Bielersee, einen Cressier aus der Neuenburgergegend oder Fechy aus dem Waadtland (der mache zwar Kopfweh).

Er kommt dann etwas spät nach Hause und grüßt vielleicht zweimal.

Der Weiße regt an. Man hat dann Mühe mit dem Einschlafen.

Studer ist der, der eine goldene Taschenuhr besitzt. Er wird noch etwas langsamer, wenn er trinkt, etwas schwerer und etwas gesprächiger.

Die Frau im Parterre vermietet keine Zimmer mehr. Auch Studers Mädchen mit dem Lederrock ist nicht mehr hier.

Doch Veränderungen bemerkt man erst, lange nachdem sie eingetreten sind; Monate später, wenn man das Mädchen in einem Restaurant sieht und es erkennt und nicht mehr weiß, woher man es kennt, es nicht heimtun kann und sich den Kopf zerwühlt, bis einem ein roter Sportwagen oder ein Lederrock dazu einfällt.

Dann ist es zu spät, das Mädchen anzusprechen.

Wenn der September kommt, werden auch die Tage merklich kürzer. Nächtliche Nebel können die am Morgen aufzunehmenden Anstricharbeiten im Freien und besonders Eisenschutzanstriche beschwerlich machen. Im allgemeinen bietet aber der September noch recht schöne Tage, die Außenarbeiten zulassen. Rückständige Außenarbeiten sollten, wenn irgend möglich, noch im September erledigt werden. Vor allen Dingen achte man darauf, daß alle Holzteile, Verschalungen, Fensterläden sofort oder noch vor dem Anschlagen mit bestem Ölgrund grundiert werden. Das rohe Holz nimmt die Luftfeuchtigkeit sehr schnell an, quillt und wirft sich. Ein späteres Überstreichen nicht ausgetrockneten Holzes kann dann bei Sonnenbestrahlung zu Blasenbildung führen. Die Arbeiten nehmen im September noch einmal ein wenig zu. Es scheint, daß sich Säumige doch noch einmal besonnen hätten, vor Einbruch des Winters dem Heim durch den Anstrich Wohngemütlichkeit zu geben, die uns auch über den teils häßlichen und unwirtlichen Winter hinweghilft und uns das Wohnen in dieser Jahreszeit als innere Freude empfinden läßt.

Der September ist heiß, so heiß war es das ganze Jahr nicht. Die Leute lieben den Herbst, wenn man sie fragt. Kieninger sagt: »Im Grunde genommen mag ich die Jahreszeiten nicht.«

Dann ist mir gestern noch etwas zur Sache eingefallen, noch eine Geschichte. Aber sie ist mir entfallen.

Ich bin ihm nicht einmal mehr böse, er ist einfach weg und spielt keine Rolle mehr. Wenn ich an ihn denke, werde ich schläfrig.

Kieninger kann nicht helfen.

Ich höre in letzter Zeit oft wieder Schritte. Das erschreckt mich, weil ich glaube, ich höre sie nur.

Ich bleibe stehn und höre Schritte, oder ich gehe weiter und es sind nicht meine.

Dann aber sehe ich den Gehenden, es war nicht Einbildung. Die Angst darüber, daß ich Schritte höre, wo keine sind, war unbegründet.

Die Angst bleibt.

Ich beginne mich zu kontrollieren.

Schon kann ich das Geräusch eines Güterzuges vom Geräusch eines Personenzuges unterscheiden.

Ich kann mir Geräusche vorstellen, ich kann sie wirklich werden lassen. Ich halte sie kaum mehr aus.

Am schlimmsten sind Kirchenglocken.

Schlimm sind auch Rasenmäher.

Sobald Hunde bellen, habe ich Angst vor ihnen. Angst habe ich, nachts mit dem Auto durch den Wald zu fahren.

Nun auch Angst davor, Kieninger zu treffen.

Der ein Jahr älter ist als ich.

Der zu denen gehört, die in die zweite Klasse gingen, als ich in der ersten war. Als ich dann auch in die zweite ging, gingen sie in die dritte. Als wir begannen, mit Tinte zu schreiben, rechneten sie bis Tausend. Sie haben uns immer erklärt, was wir zu erwarten hätten.

Wir waren stets auf dem Sprung, sie einzuholen.

Ich hasse sie.

Ich war sieben. Ich ging über die Brücke. Auf der andern Seite standen zwei Mädchen. Sie riefen: »Die Brücke stürzt ein.« Ich wußte, daß sie nicht einstürzen kann. Sie riefen: »Los, lauf, komm doch, sie stürzt ein.« Und als sie noch einmal riefen, lief ich, damit sie mich in Ruhe ließen. Sie lachten mich aus, als ich ankam.

An die eine erinnere ich mich nicht mehr, aber die andere war groß und hatte braunes, krauses Haar und Milchschorf im Gesicht. Die würde ich wiedererkennen und wenn sie sich auch ganz verändert hätte.

Die waren acht, ein Jahr älter als ich, und ich war ihnen ausgeliefert, sie gaben mir keine Möglichkeit. Wäre ich ruhig weitergegangen, wären sie mir böse gewesen, und weil ich gerannt bin, ihnen zuliebe, haben sie mich ausgelacht. Nun ist es gesagt.

Das ist diese Geschichte. Ich nehme sie auf mich. Zu Kieninger würde sie doch nicht passen.

Auch deshalb habe ich Angst vor ihm.

Ich fürchte, ich könnte ihn erzürnen. Ich gebe mir alle Mühe, nicht an ihn zu glauben, ich gebe mir Mühe, mir einzureden, daß alles, was er von Frauen erzählte, Lüge war.

Das Zimmer ist gestrichen. Es war eine mühsame Sache. Ich bin stolz darauf. Ich ließ auch einen Spannteppich legen, einen grauen; ich stellte die Möbel um und hängte die Bilder neu.

Der Hausmeister weiß nichts davon, die Farbe war billig. Ich mußte endlich etwas unternehmen; ich hielt es nicht mehr aus, in einem zerbröckelnden Haus zu leben. Es wurde mir klar, daß alles noch Jahre dauern kann: Ich, das Haus, Kieninger.

Jetzt weiß ich auch, daß ich umziehen werde. Das

Haus interessiert mich nicht mehr. Den Küchenboiler vermissen wir nicht.

Auch die Farbe des Hauses (unter tomatenfarbig stelle ich mir nicht ganz die Farbe von Tomaten vor, sondern eher die Farbe von Tomatensauce, der ein wenig Rahm beigefügt wurde) kann ich jetzt aufgeben, es wurde weiß gestrichen, und die Balkone bekamen rotgestreifte Sonnenstoren.

Auch das Zimmer ist jetzt weiß. Es wirke größer, sagen die Leute. Sie sagen auch, ich hätte dem Weiß bestimmt eine Spur Ocker beigemischt. Aber das habe ich nicht, obwohl es mir im Farbladen empfohlen wurde. Irgend etwas hielt mich davon ab.

Von den Leuten im Haus gibt es zu melden, daß sie noch hier sind und wohnen, die Frau im Parterre, die Neuen und Studers.

Man sieht sich selten; man weiß, daß sie hier sind, und wenn man spät nach Hause kommt, weiß man, daß sie's wissen.

Hinter der Haustür sind vier Briefkästen und in allen vieren täglich dieselbe Zeitung; und in einem wöchentlich eine Illustrierte und in einem andern an einem andern Wochentag eine andere.

Daran gewöhnt man sich.

Ich höre die Wasserleitung, jemand läßt Wasser laufen. Es interessiert mich nicht mehr.

Ich habe mich an den Gedanken gewöhnt, daß Hausböcke im Dachstuhl sind.

Es gibt ein Mittel dagegen: Arbezol, wasserlöslich, farb- und geruchlos. Die Larven werden durch Vergiftung und Lähmung getötet.

Arbezol-Spezial übt eine starke Gas- wie auch Kontaktgiftwirkung auf Hausbocklarven aus und greift die Chitinhaut an, ist ebenfalls farblos und nach zwei Tagen geruchlos, bis zum Antrocknen leicht feuergefährlich.

Ich weiß nicht, ob es jemanden interessiert, daß man A-Spezial nur auf trockenem Holz verwenden darf, weil es ölhaltig ist.

Vielleicht wäre es doch besser, ich hätte Kieninger nicht umgebracht; jetzt interessiert mich nichts mehr.

Ich bin müde.

Ich rauche zuviel.

Und was ich beschreibe, verliert an Bedeutung. Nichts ist beschrieben, die Krise der Zwanzigerjahre nicht, nicht der Soldatenfriedhof vom Hartmannsweilerkopf, nicht der Skandal um Arici; unterschlagen habe ich, daß Hausierer und Vertreter, Versicherungsreisende das Haus besuchen. Nicht nur die Tuberkuloseerkrankungen sind zurückgegangen, auch die Hausierergeschichten darüber.

Mit Versicherungsreisenden nehme ich mir Zeit, es lohnt sich. Wenn man sie sich zu Freunden macht, kommt man ohne Vertragsabschluß weg.

Man muß mit ihnen sprechen, sie in die Wohnung nehmen und ihnen einen Kaffee aufstellen. Sie sind geübt im Gespräch. Man kann ihnen alles erzählen, und wenn sie die Mappe öffnen, darf man nicht abwehren. Man muß sich das alles mal anhören, es gibt interessante Fälle.

Man sagt: »Gesetzt den Fall, ich hätte nun eines

Tages...«, und dann kommen die Geschichten vom Mann, der kurz vorher abschloß, und die Geschichten vom Mann, der kurz vorher zögerte.

Ich habe zehntausend Franken gewettet, daß ich vor dem 15. Januar 1990 sterbe, und ich bezahle meinen Einsatz jährlich in Raten. Meine Versicherung bezahlt mir das Geld so oder so zurück. Am 15. Januar 1990, wenn sie die Wette gewinnt; schon vorher, wenn sie die Wette verliert. Man nennt das eine gemischte Versicherung.

Bei einer Risikoversicherung sind die Einsätze kleiner, und entweder gewinnen beide (der Versicherte überlebt und die Versicherung behält den Einsatz) oder es verlieren beide (der Versicherte stirbt und die Versicherung muß die Wette auszahlen).

Ich versuche, mich an Gespräche zu erinnern.

Ich erinnere mich, daß er »Tag« sagte oder »Guten Morgen« oder »Grüß Gott«, wenn er kam; daß er »Wiedersehn« sagte, wenn er ging.

Wir waren zusammen in der Wirtschaft; wir haben getrunken; wir haben bestimmt gesprochen. Ich erinnere mich, wie wir saßen, ich erinnere mich an den Wurlitzer, an die Serviertochter und an den Gärtner, aber nicht an ein Wort, das er hätte gesagt haben können.

Bei irgendeiner Gelegenheit sagte er: »Es tut mir leid.« Daran erinnere ich mich. Er kam ins Zimmer, ging auf das Büchergestell zu, betrachtete die Bücher, schaute dann mich an und sagte: »Es tut mir leid, aber immer wenn ich irgendwo...«, und ich unterbrach ihn mit »Selbstverständlich«. Ich bildete mir etwas darauf ein, ihn zu verstehen.

Erst jetzt beginnt mich zu interessieren, was er eigentlich sagen wollte.

Wollte er wirklich sagen, »wenn ich irgendwo Bücher sehe«? Ich war überzeugt, daß er nicht mehr sagen könnte, als ich mir denken kann.

Jetzt mache ich mir auch schon ein Bild von ihm: Groß, mager, knochiges Gesicht. Nur bei den Haaren kann ich mich noch nicht entscheiden. Sie lassen sich schneiden, sie lassen sich färben, werden grau oder fallen aus. Schließlich werden sie dunkelblond sein und eher kurz; mindestens so kurz, daß niemand Bemerkungen über den Friseur macht. Er wird auch – schließlich – Krawatten tragen und weiße Hemden. Er wird etwas Anständiges sein, man wird ihn uns zum Vorwurf machen.

Schon, daß ich ihn umgebracht habe, ist eine gute Voraussetzung dafür.

Aber lassen wir mich aus dem Spiel.

Er wurde umgebracht.

Nicht erschossen, nicht vergiftet, erwürgt oder erschlagen. All das wäre zu umständlich. Er wurde zu Tode gequält. Dazu halte ich uns für fähig. Wir haben ihm nach und nach bewiesen, daß es ihn nicht gibt.

Daß er noch lebt, hat er nur dem Umstand zu verdanken, daß ich mir vorgenommen habe, ihn innerhalb dieser Geschichte nicht sterben zu lassen.

Carole reist nach England. Annemarie nach Tanger, der Pilot nach Puerto Rico, Kieninger (im nächsten Kapitel) nach Wien.

Er erzählt:

Vor zehn Jahren unterhielt ich mich in einem Restaurant mit einem Mann, der ebenfalls zufällig da war, und wir verstanden uns gut. Ich weiß nur noch, daß er Zahnarzt war oder Zahnarzt studierte. Ich würde ihn nicht mehr erkennen. Seinen Namen hat er mir bestimmt gesagt. Vielleicht habe ich ihn mir aufgeschrieben, mit Adresse, mit Telefonnummer. Aber ich habe keine Ahnung mehr, wie er hieß.

Man könnte mir Namen aufzählen und der richtige wäre dabei, ich würde ihn nicht erkennen.

Inzwischen ist er wohl vierzig, verheiratet, hat Kinder. Vielleicht hat er Geld, vielleicht ein Haus im Tessin, vielleicht bin ich ihm dort begegnet.

Angenommen, er wäre gestorben, was in zehn Jahren möglich ist, und ich erführe davon, dann würde mich das doch immerhin ein wenig erschüttern. Aber es besteht nicht die geringste Möglichkeit, daß ich davon erfahre. Nicht der unglaublichste Zufall würde das schaffen, weil ich nicht das geringste weiß, was ihn von andern Zahnärzten, die eine Vorliebe für Braque haben, unterscheiden könnte.

Im Restaurant wird erzählt, daß der und der mit einem roten Sportwagen usw.

Man nennt den Namen, den Jahrgang, den Beruf, Größe und Haarfarbe. Mir liegt etwas daran, zu wissen, wer es war. Man sagt mir, daß ich doch schon mit ihm zusammengesessen sei. Ich lese auch die Todesanzeige in der Zeitung.

Der Name sagt mir nichts und die Beschreibungen lösen nichts aus. Ein Foto von ihm würde mich vielleicht traurig machen und bewirken, daß ich zu seiner Beerdigung ginge.

8

Darauf habe ich mich verlassen.

Daß alles mit dem Ende dieses Hauses enden wird.

Daraus wird nichts.

Wir haben auch wieder einen Küchenboiler, und die gesprungene Platte des Kochherds wurde ersetzt.

Die Straßen, an denen die Häuser stehn, haben Namen. Sie sind benannt nach einem polnischen Helden, der hier starb, nach einem Architekten, der hier lebte; am westlichen Ende des Dorfes sind die Straßen nach Bäumen benannt, am andern Ende nach Vögeln.

Eine Straße und eine Nummer unterscheiden dieses Haus von Häusern. Vom Bahnhof dreihundert Meter nach Osten gehn, dort wieder fragen,

nach rechts, dort wieder fragen,

nach rechts, dort wieder fragen,

und wieder nach Süden.

Oktober, November und wieder ein sonniger Tag. Jetzt also Herbst, den die Leute lieben. Jetzt kann es so heiß werden wie es will, kein Schwimmbad mehr wird eröffnet.

In des Malers Arbeitskalender steht unter Oktober: »Wenn die Blätter der verschiedenen Laubbäume nach und nach zur Erde gleiten...« Im weitern wird häufig auf den Abschnitt September verwiesen, noch mehr aber schon auf den November.

Wenn die Blätter der verschiedenen Laubbäume nach und nach zur Erde gleiten, dann pflegt auch die

Kundschaft leider allzu spärlich mit ihren Aufträgen an den Maler heranzutreten.

Es liegt in der Natur der Sache.

Die sich langsam vorbereitende winterliche Wohngemütlichkeit will man sich nicht mehr stören lassen.

Vielen fällt erst beim Lesen ein, daß sie einen Auftrag zu vergeben haben. So können denn die Werkstattaufträge dadurch vermehrt werden, daß periodisch mit Inseraten in Tageszeitungen darauf hingewiesen wird, daß man als Spezialität die Möbellackiererei, das Schildermalen und das Wagenlackieren betreibe.

Letzte Gelegenheit, nachmittags auf Balkonen zu sitzen, und Frauenzeitschriften machen darauf aufmerksam, daß jetzt die Bastelarbeit für Weihnachten zu beginnen habe.

Seit er weg ist, schlafe ich länger, meistens bis zwölf. In meinem Keller habe ich Wein. Seit einer kleinen Erbschaft stören mich die Mängel unseres Hauses nicht mehr.

Auch trinke ich nachmittags um fünf in der Wirtschaft mein Bier mit Studer. Ich sehe keinen Anlaß, seine Meinung zu korrigieren, und ich höre ihn über die Russen sprechen. Er wiederholt, was in der Zeitung steht, und bildet sich nichts darauf ein.

Vom Österreicher sagte er, er sei ein netter junger Mann. Das rechne ich ihm hoch an.

Als er mich fragte, wie der junge Mann denn geheißen habe, sagte ich, ich hätte ihn nur mit Vornamen gekannt. Am Donnerstagabend um zehn vor zehn, als Studer in den Keller ging, und als er an der Tür der Frau im Parterre vorbeiging, bellte ein Hund. Ein kleines, geiles, kurzes und lächerliches, aber bissiges Bellen.

(Dem Bellen folgte keine beschwichtigende Stimme. Es setzte einfach aus, wie wenn jemand dem Hund die Kehle zugedrückt hätte.)

Matthias ist älter geworden. Bald hat man mit ihm so viel Ärger wie mit Erwachsenen. Ich verliere die Nerven und schreie ihn an.

Bis auf siebenhundert Meter hinunter hat es geschneit. Jetzt kommt er nicht mehr zurück.

Matthias weiß nichts davon, daß er überhaupt einmal hier war.

Um Marilyn M. ist es still geworden.

Niemand kümmert sich um Annemarie. Hie und da fällt Mariannes Name.

Als er sie kennenlernte, war ich dabei. Er fragte sie nach ihrem Namen, und sie sagte, das gehe ihn nichts an.

Bis gegen zwölf Uhr liegt alles in dichtem Nebel. Es gibt Verkehrsstockungen und Zusammenstöße. Nachmittags ist Herbstwetter. Die Bäume verlieren die Blätter. Die Lehrer lassen die Blätter zeichnen.

Der erste Schnee ist vor einigen Tagen gefallen, dann wieder geschmolzen, über Italien ging ein Unwetter.

Ab Mitte September blieben die Dienstagsbesuche des Clowns, den wir dann doch Annemarie nannten, aus.

Obwohl es diese Besuche nie gab, obwohl sie frei erfunden waren, obwohl wir nie an einem Dienstag daran dachten, daß jetzt die Gelegenheit wäre, tat es uns dann doch leid, als wir zusätzlich zu der Erfindung noch erfanden – Mitte September –, daß Annemarie jetzt nicht mehr komme.

Seit gestern sind nun auch die Koffer des Zimmerherrn weg. Er hat eine Stelle in Zürich angetreten. Wir nahmen ihm das Versprechen ab, daß er uns bald und oft besuchen solle, das Zimmer hier sei jederzeit für ihn bereit, stehe ihm zur Verfügung. Es tat uns sehr leid, daß er ging.

Matthias erzählt, daß man auf einer Bank in Zürich nachts einen schlafenden Mann gefunden habe. Geweckt und von der Polizei zur Rede gestellt, stellte sich heraus, daß es ein Amerikaner war. Er war bewaffnet mit zwei Pistolen und einem – wie Matthias sagte – Maschinengewehr. Beim Verhör gab der Amerikaner zu, daß er nicht allein sei, daß noch zwei andere Bewaffnete in der Gegend sein müssen.

Nach einer ausgedehnten Suchaktion – mit einer Armee, sagte Matthias – fand man in einem Schrebergarten eine Brille und kurz darauf die Komplizen.

»Warum erzählst du mir das«, fragte ich ihn.

Er erzählte weiter.

»Warum erzählst du mir das«, fragte ich ihn.

»Ich weiß es nicht«, sagte er.

Auf Martini, am Martinstag also (11. November), bezahlten die Bauern die Zinsen und die Gänse wurden geschlachtet. Martinisömmerlein nennt man die letzten sonnigen Tage im November.

Wenn ein Tag überhaupt nichts hat als seine Stunden und seine Geräusche, dann hat er als letztes, als allerletztes noch eine Witterung.

ein scheußlicher Tag,
ein herrlicher Tag,
ein sonniger, ein warmer Tag,
ein feuchter, ein trüber Tag,
der wärmste 11. November seit Menschengedenken,
der kälteste September seit dem Bestehen exakter Messungen,
und irgendwo im Land gibt es jedes Jahr einen Kirschbaum, der vom November zur Blüte gebracht wird.

Studer datiert seine Erinnerungen exakt.

Ich weiß, daß der Sommer 47 besonders heiß war; daß die Erde verbrannte und das Heu verdarb, daß das Thermometer vor der Apotheke in Huttwil im Oberaargau, wo ich bei meinen Großeltern in den Ferien war, zerbrach, weil seine Skala nicht bis zur Hitze des Sommers 1947 reichte.

Wenn es um Daten geht, dann bringe ich das Gespräch auf die heißen Sommer und erwähne, daß der Sommer 47 besonders heiß war und daß das Thermometer vor der Apotheke in Huttwil zerbrach.

Studer ist einer der wenigen, die das Wetter noch kümmert. »Die Blätter wollen nicht herunter dieses Jahr«, sagt er, »schon fünfmal hat's geschneit, aber erst einen richtigen Reif gab es.«

Studer sehe ich um fünf in der Wirtschaft; die andern überhaupt nicht mehr.

Die Fenster sind geschlossen.

Die Nachbarn stehn nicht mehr auf den Balkonen.

Im Haus ist es still.

Aus Veitheim im Aargau teilt Heinz Paul Beutler auf einer Postkarte freundlicherweise mit, daß er uns zur Weihnacht alles Gute wünscht. Das hat mich gefreut.

Ab sechsten Dezember (Bischof Niklaus von Myra, 4. Jh., und Abt Niklaus von Sion, gest. 564, verehrt in der griechischen Kirche seit 6. Jh., im Abendland seit 10. Jh.) Wildterrinen nach Regeln der französischen Kochkunst, in irdenen Gefäßen serviert.

Bald Weihnachten.

Aschenbecher aus Ton mit eingravierten Glassplittern, glasiert mit verschiedenen Farben, hölländische Handarbeit. Zinnschale, Kopie nach altem Muster. Molliges Flanellsporthemd in klassischem Schottenmuster. Pfeifenetui, schwarzes Leder, innen roter Filz, Raum für zwei Pfeifen, Reißverschlußabteil für Tabak. Sechs handbemalte Sliwowitzgläser mit Glasständer aus Holz. Buntbemalter französischer Zirkusathlet in verschiedenen Ausführungen.

Annemarie Freude machen.

Antiker Fußwärmer aus Messing, mit heißer Kohle aufzufüllen, oval oder eckig. Ibero-römische Zyklopenmauer, Kathedrale 12./14. Jh., ehem. Palast des Augustus, Aquädukt (4 km nordwestlich), bedeutende christlich römische Nekropole, Karthäuserkloster (Herstellung von Chartreuse), iberische Gründung mit Namen Tarraco, 218 v. Chr. von Scipio erobert. Es reicht einfach nie für eine größere Anschaffung, die Kleinwaschmaschine für meine Frau, ein Fahrzeug für meinen Arbeitsweg. Das muß nicht unbedingt so sein. Wir machen keine Rückfragen bei Arbeitgebern, Verwandten oder Bekannten. Wir antworten in neutralem Kuvert.

Ansteckblumen aus Nerz in verschiedenen Ausführungen. Dreieckig geschnittenes Mohairschultertuch. Antike geätzte Glasflasche für Wein oder Blumen. Handgehämmerte Raviolipfanne aus Kupfer, außen ziseliert, innen feuerverzinnt.

Annemarie Freude machen. Marianne Freude machen. Alexandra Freude machen. Die drei einmal zusammenbringen, sie würden sich gut verstehn.

Aber Annemarie ist nicht mehr aufzutreiben.

Im Kino spielt man »Alexander und Alexandra«, eine Oper, Musik von Verdi, Alexandra singt schön.

Es ist elf Uhr, und das Kino sollte längst aus sein. Annemarie oder Marianne oder Alexandra sollte längst zu Hause sein.

Sie sitzen in einem Café.

Sie rauchen.

Annemarie ist die schönste. Marianne ist auch die schönste und auch Alexandra ist die schönste. Alle drei sind am 2. 4. 1937 geboren. Annemarie ist die älteste, Marianne vielleicht die jüngste.

Alexandra ist am 2. 4. 1937 geboren.

Annemarie hätte ganz einfach ihr Verhältnis zur Natur gestalten sollen, und zwar zur Natur um sie herum wie zur Natur in ihr selbst. Sie hätte die Möglichkeit besessen, den Spielraum der Natur durch die Art ihres Verhaltens zu verändern.

Alexandra ist ihrer Leiblichkeit nach an den Naturzusammenhang gebunden, aber doch nicht restlos von ihm umgriffen, sondern in ihrem Leben als geistig-persönliches Wesen zugleich aus ihm heraus und in die Freiheit gestellt.

Mariannes Verhältnis zur Wirklichkeit ist nicht nur ein bewußtes und gedachtes, es schließt in sich ein, daß sie ihr Leben vollzieht und darin wirklich ist.

Sie kennen sich nicht.

Ich kenne alle drei:

Annemarie weint sehr schnell.

Marianne hat eine schwere Grippe.

Alexandra hat keine Ahnung von Brecht.

Der Sturm riß wieder einige Ziegel vom Dach.

Es muß jetzt etwas mit einer Frau geschehn, denn Annemarie und Marianne (also auch Alexandra) wirken dahin, daß in der Geschichte der Mensch sich nicht ins einzelne zersprengt, sondern daß das Ganze bewahrt bleibt. (Alexander und die Macht, Alexander und die Zeit, Alexander und die Lebensalter, Reichtum und Armut, Der Mensch und die Freude, Das Atmen, Das Essen, Der Schlaf.)

Mit einer Reise nach Tarragona ist es so, daß er sich vorstellt, sich mit Fischern anzufreunden, mit ihren rauhen Seelen, daß er hinausfährt mit ihnen, daß er das karge Mahl mit ihnen teilt und über Tag in ihren Kneipen sitzt; daß er eine Frau kennenlernt, daß er braungebrannt und vielleicht bärtig zurückkehrt.

Der Freuden gibt es ungezählte im Leben Alexanders.

In Holland kann man Kabinenkreuzer, Wohnboote mieten. Man fährt mit ihnen durch die Kanäle. Sie sollen sehr leicht zu führen sein. Morgens kontrolliert man den Ölstand und macht eine Drehung mit der

Schmierschraube. Vor allem besitzt man dann für zwei Wochen ein Schiff. Es ist alles drin, Bettwäsche, Geschirr, Tisch, Stuhl und Kasten. Man kauft in den Dörfern ein, besitzt Wasserkarten, tankt in den Häfen, hißt eine Schweizerfahne am Heck. Ein Kabinenkreuzer von 10 Metern Länge kann sechs Schlafgelegenheiten haben, z. B. zwei am Bug und vier in der Kajüte. (Pullover, Kapitänsmütze, Tabakspfeife.)

Die Schlüssel der Wohnung liegen unterdessen bei Studers. Die sehen nach dem Rechten. Die Jalousien sind geschlossen. Der Zeitpunkt der Rückkehr ist festgelegt.

Man muß sich schon jetzt darum kümmern.

Man weiß auch, was zu erwarten ist.

Ein Januar ist zu erwarten und ein Februar, ein März, ein April, ein mehr oder weniger warmer Sommer, bestimmt ein Sommer.

Von Überraschungen läßt sich beweisen, wie sie zustande kamen, die Termine sind ausgebucht, und am Ende des Jahres gibt es wie jetzt einen Dezember. Am Ende des Jahres hat auch Annemarie ein Jahr hinter sich gebracht. Am Ende des nächsten Jahres ein weiteres Jahr, und es ist so, daß viele Mädchen schöner sind, besser gebaut, graziler, dunkeläugiger als andere, daß viele ihre Regenschirme leichter tragen.

Auch hier ist das so.

Es ist so, daß Studer zufrieden ist, und es läßt sich nicht wegschreiben: Hier ist immer noch das Zimmer und das Fenster. Letzte Nacht wurden Ziegel vom Dach gerissen. Wir haben es dem Hausmeister gemeldet.

Hier ist noch der Tisch, der Stuhl, der Kasten, das Bett. Nur an die Stimme Annemaries erinnere ich mich nicht mehr; ihr Gesicht stelle ich mir vor, sehe es genau; doch kann das nicht ihr Gesicht sein; alle Mädchen tragen die Haare so.

Sich also einbilden, einen Freund verloren zu haben, sich Mitleid abringen, sich bedauern. Eine Clowngeschichte erzählen, den Clown Annemarie nennen. Den Namen Annemarie schön finden, ihm eine Gestalt geben: klein, kurze Schrittchen, dunkle, kurze Haare, dunkle große Augen. Annemarie ist ein schöner Name und auch Maria, Marianne, Alexandra.

Filme sind traurig oder lustig. Zu den lustigen gehören die Kriminalfilme. Besonders traurig sind die Western. Die enden so, daß er weiterreitet, hinaus in die Wüste, still weiterreitet und immer kleiner wird, und man darf sich von der Aufschrift »The End« nicht irritieren lassen und muß sitzen bleiben, bis der Platzanweiser zum Aufbruch mahnt. Man muß sitzen bleiben, auch wenn die andern gehn, weil er immer noch kleiner wird, und nachdem das Licht im Saal angegangen ist, und nachdem sich der Vorhang geschlossen hat, wird er immer noch kleiner.

Ein Mann aus Thessaloniki wünscht sich ein Buch mit einem glücklichen Ausgang, und es läßt sich nicht wegschreiben, hier hängt noch der Spiegel, er zwingt mir Gesichter auf. Ich trage sie durch mein Zimmer. Ich führe sie Annemarie vor. Ich rauche Zigaretten. Ich habe Kopfweh. Ich habe mich erkältet. Ich habe Schnupfen. Ich schreibe. Ich bin der, der dies schreibt. Ich gehe spazieren. Ich mache die Fahrprüfung. Ich habe ein neues Auto. Ich kann die Arme bewegen. Ich kann ein Bein vor das andere setzen. Ich habe Mühe mit Fremdsprachen.

Ich kenne Annemarie.

Es geht um Annemarie.

Lady Annemaries Stimme war zerborsten und alt geworden. Am 15. März starb Lester. Im Juni wurde die Lady ins Krankenhaus eingeliefert. Wieder behauptete sie, kuriert zu sein. Wieder fand man das Zeug in ihrem Besitz. Wieder sagte sie, es gehöre ihr nicht. Am 17. Juli... Das Zimmer beschreiben, hinter den Wänden beginnen, das Geschrei, das Gerede, die Schritte, das Öffnen von Türen und das Schließen und das Zuschlagen von Türen. Dann die Wände: die Flecken, die Bilder, der Spiegel. An den Wänden entlang die Möbel, vor mir das Bett, links der Kasten, hinter mir das Büchergestell, rechts ein kleiner Kasten. Mitten im Zimmer ein Tisch, die Schreibmaschine, davor ein Stuhl.

Ich.

Ich schreibe.

Der Spiegel. Im Spiegel das Zimmer.

Das Fenster. Regen. Schnee.

Ich will noch einmal und ganz von vorn anfangen, beteuerte die Lady, aber sie kam nicht los von dem Zeug.

Jetzt also auch Annemarie untergehen lassen.

Zu einem Ende kommen.

Ich zünde eine Zigarette an, ich schenke ein Glas Wein ein, ich schlage vor, daß er jetzt weiterreist, nach Wien, um Elfriede zu treffen, oder irgendwohin, wo ihn Annemarie (Marianne, Alexandra) erwartet. Vielleicht reist er jetzt, im Winter, zurück nach Tarragona, oder er bricht auf, um Annemarie zu suchen. Er nimmt mir das ab.

Es muß etwas mit einer Frau geschehn.

Sie holt ihn am Bahnhof ab. Sie hat einen kleinen Wagen, einen Austin. Er hat sich vorgestellt, sie zu umarmen bei der Begrüßung. Aber da ist ein Gedränge, und er trägt zwei Koffer, und sie kommt nicht lachend auf ihn zu, wie er sich das vorgestellt hat. Sie zeigt keinen Übermut.

Dann sitzt er neben ihr im Wagen, sie schaut geradeaus auf die Straße, spricht überzeugend davon, wie sie sich freue, daß er hier sei, endlich hier sei. Er raucht, hat gefragt, ob er rauchen dürfe. »Selbstverständlich«, hat sie gesagt. Er spricht davon, wie er sich freue, hier zu sein. Die Straße macht einige Kurven. Es ist kalt. Sie fahren zu einem Haus.

Das Haus ist grau. Steht abseits zwischen Bäumen.

Eine Begegnung mit Frau Birkenfelder aus Ulm, von der schon die Rede war, klein, munter und blond, verheiratet, fröhlich, mehr nicht. Er verliebt sich, nimmt sich vor, ihr morgen Blumen zu schicken, schläft dann seinen Rausch aus.

In Wien wartet Elfriede. Wenn alles wahr ist, wartet sie seit drei Jahren, so lange war er hier, so lange kann sie nicht gewartet haben, das ist hoffnungslos.

Wenn wir auf seinen Aufenthalt hier verzichten und annehmen, daß er verheiratet ist, bleiben eine Reise nach Tarragona, eine Abwesenheit von drei Wochen, eine nicht ernst zu nehmende Bekanntschaft mit einer Engländerin und eine Rückkehr nach Wien.

Das ist zu bewältigen.

In diesem Fall hätte er auch zwei Kinder und eine Stelle beim Bauamt als Zeichner und drei Wochen Urlaub, die ihm zustehn, die bezahlt sind.

Elfriede begreift, daß er seinen Urlaub dieses eine Mal und nach achtjähriger Ehe allein verbringen möchte.

Oder noch einfacher:

Es war ihm nicht möglich, seinen Urlaub in den Schulferien der Kinder zu nehmen, dieses eine Mal mußte er zugunsten seiner Kollegen verzichten.

Er wird also von der Familie am Bahnhof abgeholt. Er freut sich, wieder hier zu sein. Er bringt die Filme zum Entwickeln, spricht von einer netten Pension »Aquario«, die er gefunden habe. Er beschließt, nächstes Jahr, wenn sein Urlaub wieder in die Schulferien falle, mit der ganzen Familie nach Spanien zu fahren, und erzählt Geschichten, erzählt vom Strand, vom Aquädukt, vom Paseo, von der Rambla am Sonntag, von einer Engländerin, erzählt, wie nett sie war, zeigt Bilder.

Aber auch Wien kann man fallenlassen und damit auch seinen Namen und den Namen seiner Frau; dann ist er von hier aus weggefahren und nach hier zurückgekehrt.

Dann lebt er hier, in diesem Haus, und Studer dankt ihm am nächsten Tag für die Karte.

Und noch einmal Annemarie:

Ich vermisse den Mann, der die Stromzähler abliest, der monatlich einmal in unsere Wohnung kam und der mich auf der Straße grüßte und meinen Namen kannte. Seit die Zähler im Keller sind, sah ich ihn nur einmal, und es war so, als ob wir beide ein schlechtes Gewissen hätten, weil wir uns lange nicht gesehen haben. Donnerstags kommt die Eierfrau. Sie erklärt, warum die Eier diesmal teurer oder diesmal kleiner sind, und sie freut sich, wenn sie sie wieder billiger geben kann.

Vor drei Jahren versprach Annemarie, uns zu besuchen, und vor zwei Jahren lud sie uns ein. Sie schrieb, daß sie in der Nähe von Tarragona ein Haus habe.

Wir gingen nicht, sie kam nicht.

Wir haben uns verpaßt.

Das ist die Geschichte, die mich quält.

Davon hätte ich zu erzählen.

Vorerst einmal, wie ich sie kennenlernte; dann wer sie war, ihre Augen, ihre kurzen Schrittchen, daß sie Bücher las, Jazzplatten hörte, die Songs der Lady liebte.

Daß sie sich einmal, nach durchgemachter Nacht, auf ein kleines Stühlchen mitten ins Zimmer setzte und uns (einem andern und mir) den ganzen Palmweintrinker von Tutuola vorlas und daß wir einschliefen dabei und wieder erwachten und es Tag wurde und sie las.

Weil es ihr wichtig schien, daß auch wir die Geschichte vom Palmweintrinker kennen.

Weil sie es lustig fand, mitten im Zimmer zu sitzen und ein ganzes Buch vorzulesen.

Bevor sie verschwand, verschenkte sie ihren Besitz. Ich bekam die intimen Tagebücher von Baudelaire. Es sei ein besonderes Exemplar mit persönlichen Notizen, sagte sie. Entzifferbar ist eine Eintragung »mon Dieu« und ein Titel, den sie ins Französische übersetzt hat

»mon cœur mis à nu«. Im übrigen sind die Sätze mit Bleistift unterstrichen, fast alle, und an den Rändern stehn Ausrufezeichen und Fragezeichen. Nur wenige lassen sich deuten, und die wenigen sagen nicht mehr, als daß sie sich inzwischen veränderte und daß sie im Grunde genommen dieselbe blieb.

Etwas molliger muß sie früher gewesen sein, sie zeigte mir Fotos, und sie hat die Haare länger getragen.

Sie schrieb von einer Eidechse, mit der sie sich angefreundet habe. Sie heiße Arthur Gordon Pym.

In Inhumanas bei Goiana (Brasilien) wurde der Clown José Zacarias während einer Vorstellung erschossen, weil er zu wenig komisch war. Herr Cirilo forderte den Clown auf, komischer zu sein, und als er der Aufforderung nicht nachkam, schoß ihn Herr Cirilo nieder.

Ende Dezember nun, neue Mietzinserhöhung auf den ersten April. Wenn Sie die Erhöhung vorbehaltlos ablehnen, gilt diese Mitteilung als Kündigung Ihres Mietvertrages. Wir haben das Recht, bei der von der Kantonsregierung bezeichneten Amtsstelle Einspruch zu erheben. Die Erhöhung ist mit Anschaffungen motiviert.

»Vielleicht ein anderes Mal«, sagte sie zum Hausierer. »Nein«, sagte er, »es gibt kein anderes Mal. Ich habe im ganzen Haus nichts verkauft. Da hat es keinen Sinn. Ich komme nicht mehr in dieses Haus.«

Sie schloß die Tür, hörte noch seine Schritte auf der Treppe, hörte dann die Haustür ins Schloß fallen.

Am Neujahrsmorgen den Zug besteigen, noch ist Nacht. Es ist der Zug, der werktags die Arbeiter früh um sechs wegbringt; werktags ein überfüllter Zug, ein stiller Zug, ein Zug, in dem jeder seinen Platz hat und an seinem Platz seine Gewohnheiten; sonntags ein stiller Zug, derselbe wie werktags, dieselbe Abfahrtszeit, und die Plätze sind leer. Zwischen den Stationen ist in den schwarzen Fenstern Bewegung. Auf den Stationen geht es leise zu; die Worte tönen laut. Die Güterwagen auf den Abstellgeleisen sind rostrot. Der Zugführer und der Kondukteur verlassen auf den Stationen den Zug und springen wieder auf, wenn er sich in Bewegung setzt. Der Zugführer und der Kondukteur sprechen miteinander im Vorraum des Wagens. Sie sprechen französisch. Der Zug kommt aus Biel. Auf den Stationen steigt niemand ein.

In Olten umsteigen.

Peter Bichsel
Kindergeschichten
96 Seiten
suhrkamp taschenbuch 2642

Sieben Geschichten für große und kleine Kinder, für Leser, die nicht aufgehört haben zu fragen, was wäre, wenn. Sieben Geschichten, in denen sonderbare Käuze, scheiternde, lächerliche Rebellen, Nachfahren des Ritters von der traurigen Gestalt es wagen, der Unabänderlichkeit des Bestehenden Schwierigkeiten zu machen. Peter Bichsels Geschichten werden zu Recht mit Johann Peter Hebels *Kalendergeschichten* verglichen: wie diese verführen sie, spielerisch, zum Denken. Otto F. Walter formuliert es so: »Peter Bichsels Kindergeschichten werden, Auflage für Auflage und Jahr für Jahr, von Sechs- wie von Siebzigjährigen gelesen, verstanden auf je den verschiedensten Stufen des Verstehens, und sie werden weitererzählt. Sie sind, bei aller subtilen Gebrochenheit, bei all ihrem hochartifiziellen Charakter, ein Volksbuch (neuen Typs).«

Peter Bichsel
Zur Stadt Paris
Geschichten
115 Seiten
Bibliothek Suhrkamp 1179

Mit *Zur Stadt Paris* ist Peter Bichsel ein Geschichtenbuch gelungen, das uns Lesern – mal in kurzen Zügen, dann wieder mit längerem Atem – davon erzählt, daß es gerade das Kleine, das Minimale, das unscheinbar vor Augen Liegende ist, das uns, beobachtet man es genau oder läßt es einfach sprechen, alles über uns verrät.

Peter Bichsel
Der Leser. Das Erzählen
Frankfurter Poetik-Vorlesungen
112 Seiten
suhrkamp taschenbuch 2643

Peter Bichsels fünf Vorlesungen aus dem Jahr 1982 sind eigentlich keine Vorlesungen, sondern Geschichten von Vorlesungen. Sie sind wohltuend unprätentiös und stets äußerst subtil – wie seine Geschichten.
»Peter Bichsels Frankfurter Poetik-Vorlesungen, die den Eindruck hinterlassen, daß nie jemand liebenswürdiger subversiv war als dieser Schweizer Lehrer und Schriftsteller, ermuntern zum Reden, zur Gegenrede auch. Und sie bezaubern darüber hinaus durch Witz und Einfachheit, die getränkt und legitimiert sind durch eine große, vertrauenswürdige Trauer über den Zustand der Welt.« *Peter Hamm, Die Zeit*

Peter Bichsel
Gegen unseren Briefträger
konnte man nichts machen
Kolumnen 1990 - 1994
248 Seiten. Leinen (1995)

»Peter Bichsel stellt Nachdenkstücke vor uns hin wie Würfel – alle gleich groß. Ein kleiner Bericht, eine Beobachtung, ein Gedanke geben den Ton an, bis eine Drehung das angeschlagene Thema verschiebt und man darüber ins Sinnen gerät. Dann ist das Ziel des Autors erreicht ... Nur ja nichts Außerordentliches, Hochgestochenes. Dafür vielerlei genaue Fragen und vielerlei bedenkenswerte Antworten.«
Beatrice von Matt, Neue Zürcher Zeitung